——인간을 그만둔 기분이야

아베노 카구야

우수한 퇴마사로 식신과 부적술의
이능력이 특기다.
보기에는 품행방정하고 문무양도에
뛰어난 인격자. 그러나 실제로는
말버릇이 험하고 신랄한 성격.

"슬슬 속옷도 벗을까."

"섹시해요!"

다이키의 어머니

라이트 노벨식 설정이 과도한
다이키의 어머니.
아홉 살 정도의 어린애로 보이지만,
모성애 넘치는 여성.

귀여운 게 최고야!"

레이라 사카구치

고등학교 2학년. 다이키의 급우.
박사학위를 지닌 천재. 여왕처럼 군림하며
남학생을 노예처럼 다룬다.

"───아직 빚을 갚지도 못했는데
멋대로 죽어버리면 곤란하거든."

나는 김이 빠져 무심코 웃고 말았다.
이 여자는 그런 걸로 목숨을 걸 수 있는 모양이다.

"레이라 사카구치?
왜 여기에?"

CONTENTS

이세계 귀환 용사가 현대최강!

first volume

이능 배틀계
미소녀를 가차없이
조교하게 되다?!

시라이시 아라타

ILLUST. 타카야Ki

이곳은 저녁놀이 진 카스가야마 고등학교 구교사 4층 남자 화장실.

"하하! 하하! 진짜 재미있어!"

화장실 안에는 나와 나카타, 미야사코, 그리고 무라시마, 네 사람이 있었다.

갈색으로 염색한 머리, 파란 머리에 피어스, 금발. 하나 같이 가정교육도 제대로 못 받은 머리가 나쁜 애들이었다.

미야사코는 화장실 청소용 솔을 쥐고 있고, 나카타는 고무호스를, 이 녀석들의 대장인 무라시마는 뚫어뻥을 들고 히죽히죽 웃고 있었다.

"그만해! 내가 무슨 짓을 했다고 이러는데!"

나가타가 뿌린 물에 맞아 나의 교복이 흠씬 젖었다.

뭐, 대놓고 말해, 나는 학교폭력을 당하고 있었다.

"자, 자, 깨끗하게 씻어야지!"

미야사코가 들고 있던 솔을 내 배로 들이밀었다.

화장실 청소도구…… 나는 치밀어오는 역겨움에 크게 몸을 비틀어 솔을 피했다.

그러자 뚫어뻥을 든 무라시마가 이쪽을 향해 걸어왔다.

순간 온몸에 소름이 끼쳤다.

뚫어뻥은 변기를 꾹꾹 눌러서 막힌 것을 뚫는 물건이다.

불결하다든가 그런 수준이 아니라…… 생리적 차원으로 역겨웠다.

토기마저 치밀어 올라 나는 반쯤 울먹였다.

"뭘 벌써 울고 자빠졌냐. 아직 이걸 네 면상에 비비지도 못했다고?"

그들의 입에서 흘러나오는 비열한 미소에 나는 경악했다.

"제발…… 용서해줘……."

스스로도 한심한 얼굴이겠구나 하는 생각이 들었다.

그러나 무라시마는 뭔 소리 하냐는 표정을 짓고 있었다.

"용서? 니, 무슨 죄지었냐?"

"무슨 말이야……?"

"나한테 잘못한 거라도 있냐고."

"아니, 그건……."

"그래, 바로 그거야."

무라시마가 고개를 끄덕였다.

"아무 짓도 안 했잖아? 뭘 용서를 빌고 그래?"

"그럼 이제 그만해……."

그러자 무라시마가 고개를 저었다.

"싫은데? 그냥 내가 심심해서 하는데 그만둘 리 있나. 네가 이런 꼴을 당하고 있는 이유 따위, 애초부터 없었어. 그냥 네가 내 기분에 따라 두꺼비처럼 짓밟혀 죽는 하찮은 존재였을 뿐."

"그런……."

그러자 나머지 두 사람이 폭소했다.

"우와 무라시마 형님! 진짜 대단하십니다요!"

"맞아, 맞아. 그야말로 극악무도하기 짝이 없다니까요."

무라시마가 뚫어뻥을 손에 들고 나를 향해 다시 한 걸음 다가왔다.

"미안해! 제발 그것만은!"

나는 결국 참지 못하고 화장실의 좌변기 칸으로 도망쳐 문을 잠갔다.

쿵쿵 문을 두드리는 소리와 함께 세 사람의 웃음소리가 커졌다.

"너 말이야? 거긴 안전하다고 생각해? 그걸로 도망쳤다고 생각하는 거냐?"

직후, 고무호스의 물이 문 위쪽으로 들어와 안쪽에 금세 물웅덩이가 생기기 시작했다.

이어서 쿵쿵하고 문을 더 세게 치는 소리가 들려왔다.

"살살해줄 테니까 나와. 솔과 뚫어뻥으로 얼굴 청소만 할게!"

쿵쿵쿵쿵!

문을 두드리는 소리가 더 커졌다.

"얼른 튀어나오지 않으면 나중에 더 힘들걸? 지금 나오면 얼굴 청소만 하고 끝내줄게."

그러나 별다른 반응이 없자, 무라시마가 혀를 찼다.

"안 나오겠다 이거지. 야, 나카타. 올라가서 틈 사이로 끌고 나와."

"알겠슴다."
그리고——.

화장실 문을 타고 올라간 나카타가 얼빠진 소리를 냈다.
"왜 그래, 나카타?"
"아니, 무라시마 형님…… 저기…… 뭐라고 해야 할까……."
"뭔데?"
"사라졌습니다."
"뭐가?"
"없다고요. 모리시타……."
"뭔 헛소리야, 갑자기."
나카타가 안으로 들어가 안쪽에서 잠긴 문을 열었다.
"진짜 없다니까요?"
"어…… 없네?"
그렇게 모리시타 다이키가 이세계로 전이한 그 장소에서 잠시
세 사람은 그저 가만히 서 있기만 했다.

이세계에서 나타난 용사가 이끄는 세계연합군과 마왕군의 전

투는 이레 동안 이어졌다.

교회의 성기사단까지 합류한 각국 연합군과 오거, 리저드맨, 언데드 등의 마왕군이 서로 뒤섞여 대지를 가득 메웠다.

그렇게 온 땅을 피로 붉게 물들인 전초전이 끝나자, 마왕군은 이어서 거인과 드래곤 등, 거대한 괴물을 전선에 투입했다.

거인은 발을 디딜 때마다 땅에 수십 미터에 이르는 크레이터를 만들었으며, 드래곤의 브레스는 산을 통째로 불태웠다.

이에 맞서 대현자가 이끄는 궁정마법사단은 36시간에 걸쳐 행한 '대규모 의식 마법'으로 산 하나를 날려버렸다.

나흘간의 공방 끝에 양측의 병력이 증발했고.

마지막에는 양측의 결전병기── 용사 일행과 마왕이 전장에 나섰다.

지옥 같은 열기에 호수가 증발하였고, 강렬한 냉기에 바다가 얼어붙었으며.

용사의 검이 수없이 땅을 갈라, 그야말로 지도를 다시 그려야 할 사태에 이르렀다.

그런 격렬한 전투가 사흘 밤낮으로 이어진 끝에──.

"……꼴이 말이 아니군."

나는 지친 몸을 성검에 기대며 옆에 있는 대마법사에게 미소지었다.

"그러게. 난 다 끝난 줄 알았다니까."

모두 너덜너덜한 것이, 말 그대로 서 있는 것이 고작이었다.

"그래도…… 이겼다."

대마법사가 자리에 주저앉은 공주의 어깨를 두드렸다.

"미안한데, 회복마법으로 다들 치료 좀 부탁할게."

공주는 작게 고개를 끄덕이고는 곧 대마법사에게 손바닥을 내밀었다.

그러자 대마법사가 쓴웃음을 지으며 말했다.

"아니, 나보다 마왕과 정면으로 맞부딪힌 용사님을 먼저 치료해야 하지 않을까?"

대마법사의 말에 공주가 웃으면서 나에게 다가왔다.

"저기…… 정말 돌아가실 생각인가요?"

옅은 초록빛이 내 몸을 감쌌다.

공주의 회복마법은…… 언제나 기분이 좋구나.

마음이 치유된다고나 할까? 뭐, 실제로 상처가 낫고 있지만.

"응."

"꼭…… 가야 하나요?"

살짝 젖은 공주의 두 눈동자가 나를 향했다.

"그게 처음 왔을 때 한 약속이잖아?"

"그렇다면 이 황폐한 땅을 다시 살릴 때까지만이라도…… 같이 나라를 이끌어주시지 않겠습니까?"

"내 역할은 마왕을 쓰러트리는 것뿐. 뒷일은 이 세계 사람들의 몫이야."

"그야 그럴지도 모르지만요."

공주가 작게 웃었다.

"그나저나, 사람도 변하면 변하는 법이군요."

"응? 뭐가?"

"처음에는 그렇게 약했던 다이키 씨가 지금은 이렇듯 마왕을 쓰러트릴 정도잖아요?"

그건 나도 동감이다.

어느새 말투도 강해졌고.

——이 세계에 온 지 3년.

온갖 고생을 겪었지만, 결정적인 계기는 여행 동료이며 친형 같던 무도가 '얀' 씨가 내 실수를 감싸고 대신 죽었을 때부터였다.

"아무튼, 나는 돌아갈 거야."

"몇 번이고 다시 묻습니다만, 정말 돌아갈 생각인가요?"

"응."

"그렇다면 이유를 물어도 될까요?"

나는 뜸을 들이다 한숨을 쉬며 입을 열었다.

"우리 집 카레가 먹고 싶어."

그러자 공주와 대마법사가 입을 크게 벌리고 웃었다.

"집으로 돌아가는 이유란…… 거창하기보다는 그런 거겠죠."

"그렇다고 해도 너무 딱 자르는 거 아니야? 여기 있으면 돈도 명예도 마음대로 들어올 텐데? 몽땅 버리고 집으로 돌아가려고?"

솔직히 이쪽 음식이 영 맞질 않아서 말이지.

이 세계에서 사는 것도 나쁘지 않았지만, 역시 집이 그립다.

"마왕을 쓰러뜨리면 차원전이마법을 쓸 수 있다고 했지?"

"네, 원한다면 당장이라도 돌아갈 수 있어요. 모든 게 시작했던 장소로. 시간은…… 마왕 때문에 차원의 뒤틀림이 생겼으니 아마 저쪽에서는 몇 시간 지난 정도가 아닐까요?"

공주의 회복마법 덕분에 상처는 거의 나았다.

나는 오른손 엄지를 세우고 공주와 대마법사에게 전했다.

"그럼, 둘 다 이만!"

두 사람은 쓸쓸한 표정으로── 그러나 확실히 힘찬 미소로 나를 배웅해주었다.

──직후.

저── 다임국 왕녀인 유리카 하르트만은 걷잡을 수 없이 눈물을 흘리며 몇십 분이나 그 자리에 웅크리고 있기만 했습니다.

"공주님도 바보네."

"……저도 그렇게 생각해요, 아나스타샤."

"두 번 다시 다이키는 여기로 돌아오지 못할 텐데 정말 그냥 보내도 괜찮았어?"

"……그래서 제가 몇 번이나 붙잡지 않았습니까."

"정말 에두른 표현 방식이네."

"……당신이야말로 괜찮은 건가요?"

"나는 괜찮아. 공주님을 위해 오래전에 물러났으니까."

저는 눈물을 닦고 간신히 그 자리에서 일어났습니다.

"그분은…… 저희 마음만 훔치고 가버렸군요."

아나스타샤가 다이키가 사라진 공간을 향해 중지를 세웠습니다.

지금까지 상스러우니 그만두라고 몇 번이나 말했습니다만, 결국 여행이 끝난 지금까지도 고치질 않았군요.

아니, 고칠 마음이 없었겠지요…… 이 사람은.

"이러다 그쪽에서 어중간한 상대와 맺어지기라도 해봐. 절대 용납하지 않을 테니까!"

저는 쓴웃음을 지으며 아나스타샤가 중지를 세우고 있는 공간을 향해 몸을 돌렸습니다.

그리고 깊숙이 고개를 숙였습니다.

"저희 세계를 구해주셔서 감사합니다. 이세계에서 온 용사…… 저의 첫사랑…… 다이키. 그리고 안녕히."

이세계귀환용사가
현대최강!

이세계에서 돌아온 초월자와
현대에서 자란 이능력자들

The modern
strongest hero
who
come home.

해가 서서히 져갈 무렵.

나는 구교사의 화장실 변기 위에 있었다.

공주의 말대로, 내가 처음 전이한 시간에서 두어 시간 정도밖에 지나지 않은 모양이었다.

자연스럽게 화장실에서 나가려던 나는——.

"으아아아아!"

저도 모르게 소리를 지르고 말았다.

그도 그럴 게, 화장실 거울에 비친 것이——.

성검 엑스칼리버. 영웅의 방패. 패왕의 갑옷. 용혈의 망토.

완전히 '이세계에 다녀왔습니다' 하는 복장이었다.

"학교 화장실에서 보니 어색하게 짝이 없네."

스스로 '꼴이 이게 뭐냐' 생각하며 거울 속에 비친 자신의 모습을 찬찬히 살폈다.

음, 역시…… 도저히 밖에 돌아다닐 수 있는 꼴이 아니야.

화장실이라 더더욱 그래 보였다.

문득 지금까지 일어난 여러 일이 모두 꿈이었던 것 아닐까 하는 생각이 들었다. 그리고 혹시 지금 이곳에 있는 것조차도 꿈이 아닐까…….

먼저 오른손으로 주먹을 쥐었다 폈다 해봤다. 손은 멀쩡했다.

이어서 볼을 꼬집어보았다. 아팠다.

"다행히도 꿈은 아닌 모양이네."

그다음 이세계에 있을 때처럼 소리를 내어 말했다.

"스테이터스 창 표시."

부웅!

이세계처럼 얇은 판 같은 화면이 공중에 나타났다.

나와버렸어! 진짜냐!

그나저나 학교 화장실에서 스테이터스 화면이라니, 엄청난 위화감이다.

"그나저나 지금 몇 시지? 아니, 애초에 오늘은 며칠이야?"

자연스럽게 화장실 창에서 신교사—— 교실이 있는 건물 쪽으로 눈길을 돌렸다.

[스킬: 원시(遠視) 레벨10(MAX)이 발동되었습니다.]

오오! 신의 목소리도 건재한가!

아니, 그보다 이세계 스킬을 쓸 수 있는 건가!

200m쯤 떨어진 신교사의 교실 칠판과 시계를 살펴본 결과, 지금이 4월 23일 오후 6시라는 걸 알 수 있었다.

내가 이세계로 전이한 날이다. 좋아하는 아이돌의 생일이었기 때문에 날짜를 정확히 기억하고 있다.

아무튼 옷을 갈아입어야…….

그때 문득 어떤 생각이 들었다.

이세계 스킬을 쓸 수 있다면, 혹시…….

"스킬: 감정안 레벨10(MAX)을 행사."

· 감정 결과

세로 90cm, 가로 50cm의 거울.

이세계 기준 최상급 품질.

이만한 크기의 고품질 거울은 애초에 세상에 나돌 물건이 아니다.

가격을 매길 수가 없는 물건이며, 아무리 금화를 모아도 살 수 없다.

그러나 현대에서는 잡화점에 가면 간단히 살 수 있는 평범한 물건이다.

이 제품은 니ㅇ리에서 구매하였으며, 가격은 2,980엔이다.

참고로 가성비가 좋은 물건임은 말할 것도 없다.

"와…… 이런 세세한 것까지 나오는 건가."

저쪽에서 '감정안'을 처음 썼을 때는 그야말로 이세계 판타지구나 하고 감동했는데, 여기서 썼더니 깜짝 놀랄 만큼 감흥이 없다. 뜬금없어서 실감이 나지 않을 뿐인가?

뭐, 또 옆길로 샜다만, 우선 옷이 문제다. 이 차림으로 나가면 수상한 사람이라고 체포당할 뿐이다.

뭐, 다행히 스킬도 신의 목소리도 작동하니 다른 것도 쓸 수 있을 거다.

"아이템 박스 소환."

윙 하는 효과음과 함께 1m 정도의 정육면체 박스가 나타났다.

"좋아, 작동하는군."

아이템 박스란 말 그대로 사차원 주머니 같은 도구다. 자신의 MP만큼 짐을 이차원 공간에 보관할 수 있는 편리한 녀석이다.

이세계물에서는 필수 아이템이라고 해도 과언이 아니다.

참고로 나는 용사였기에 MP도 상당했다. 나라면 아마 10톤 정도는 넣을 수 있지 않을까.

나는 아이템 박스를 열어 내용물을 뒤적뒤적 살폈다.

"다행이다. 보관해두기를 잘했어."

나는 박스 안에서 교복을 꺼냈다. 물론 내가 전이하던 그때 입고 있던 녀석이다.

"감정안 레벨10(MAX)을 행사."

나는 호기심에 교복을 상대로 감정안을 써보았다.

아이템 박스를 얻자마자 곧장 넣어버렸기 때문에 나도 아직 교복을 감정해본 적은 없었다.

· 감정 결과

공립 카스가야마 고등학교의 표준 교복이다.

검은색을 기조로 한 지극히 평범한 교복이나, 소유자의 체취가 섬유에 배어 겨드랑이 부분과 고간 부분이 악취(미약)에 오염되어 있다.

"그런 정보는 필요 없어!"

그러자 감정 결과에 새로운 내용이 추가되었다.

『참고로 미약한 오염이란 집중해서 맡더라도 알아챌까 말까 하는 정도이며, 일상생활에는 지장이 없으므로 걱정할 필요는 없다.』

"혹시 지금 날 위로하는 거냐?!"

나는 복잡 미묘한 기분을 느끼며 일단 교복으로 갈아입었다.

참고로 겨드랑이 냄새를 맡아보았지만, 감정안의 설명대로 냄새는 거의 나지 않았다.

교복으로 갈아입은 나는 이세계 장비를 아이템 박스에 넣은 뒤 귀갓길에 올랐다.

이세계에서 약 2년 정도 지냈지만, 엘프가 만든 불로의 약을 마셨기 때문에 내 얼굴은 사실상 이세계에 떨어진 그 날과 별반 다를 바가 없었다.

우리 집 카레는 여전히 맛있었다.

나는 카레를 먹다 온갖 감정이 솟구쳐 살짝 울 뻔했다.

그래도 일단 남자이므로 간신히 참았지만.

밥을 먹고 씻은 뒤 몇 년 만에 내 방으로 돌아가자…… 또다시 미묘한 기분이 들었다.

"방은 그대로인가……."

아무리 시간이 흘렀다고 해도 여긴 내 방이다.

"확실히 이 근처 어디였는데……."

침대 밑에 숨겨둔 종이상자를 꺼낸 나는 그 안에서 야한 책을 찾았다.

아무리 이세계라지만 나도 역시 남자이므로 그런 기분이 들 때가 있었다.

심지어 여자 둘을 데리고 여행을 다녔고.

그러나 아무 일도 없었거니와, 나는 동정이었고, 자가발전을 하다가 들켰다간 돌이킬 수 없었다. 정말 곤란한 나날이었다.

아무튼, 침대 위에서 책 페이지를 넘기는 순간——.

[스킬: 감정안 레벨10(MAX)이 발동되었습니다.]

엥?! 신의 목소리?!

아니 왜 멋대로 야한 책을 보고 감정 스킬을 발동하는데?!

· 감정 결과

코믹: 주간 팩앤쵸

성인만화 주간지 중에서는 유명한 잡지다.

10만 부의 발행 부수를 자랑하며, 정가는 648엔(세금 포함).

적나라한 내용부터 순정, 누님부터 로리까지 폭넓은 작품을 다루고 있어서 어떠한 취향의 남성이더라도 볼 수 있다.

다만 폭넓은 장르를 다루고 있기에 전문지와 비교하면 마니아의 수요를 채우기에는 부족하다.

소유자: 모리시타 다이키

사용횟수 32회

"진짜 대단한데, 감정안!"

설마 사용횟수까지 쓰여 있을 줄이야.

역시⋯⋯ 레벨이 10이나 되면 무시할 수 없군.

나는 가볍게 한숨을 내쉬었다.

"일단 늦은 밤까지 시간을 보내야지."

한 2시쯤에 나서면 되려나.

[스킬: 기척 탐지]를 쓰면 가족이 잠들었는지도 알 수 있고, 한밤중에 혼자 돌아다녀도 쉽게 들키지 않을 것이다.

그렇다. 나는 꼭── 확인해야 하는 게 있다.

"나의 스테이터스⋯⋯ 이쪽 세계에서는 실제로 어느 정도의 위력이려나?"

이름: 다이키 모리시타

종족: 인간

직업: 용사

상태: 통상

레벨: 78

HP: 6455/6455

MP: 420/4850

공격력: 4650

방어력: 3209

마력: 2700

회피: 2824

"이거 대단한데?"

심야.

나는 빌딩 위를 뛰어넘으며 이동하고 있었다.

맹렬한 속도로 발밑의 경치── 알록달록한 네온사인이 지나갔다.

마치 뉴욕의 마천루를 종횡무진 하는 미국 만화의 거미 히어로가 된 기분이었다.

나는 역 앞의 번화가를 빌딩에서 빌딩으로 뛰어 건넌 뒤, 다시 맨션에서 맨션으로 발을 옮겼다. 이윽고 어느 병원의 옥상에 도착한 나는 다시 크게 도약하여 국도를 뛰어넘은 뒤 숲으로 들어갔다.

여기서부터는 산길이다.

집에서 여기까지 10km는 될 터.

나는 시계를 확인하고 헛웃음을 터뜨렸다.

"10km에 3분이라……. 신칸센 수준이네."

내 예상대로, 나는 이세계 '용사'의 신체능력을 그대로 가지고 있었다.

시속 200km에 육박하는 속도였지만 이것도 '용사'의 최고 속도는 아니었다.

이세계에 있었을 때는 음속도 가볍게 뛰어넘었으니까.

나는 튼튼해 보이는 나무를 골라 가지를 박차며 다시 움직이기 시작했다.

속도는 아까와 같이 약 시속 200km 정도.

나무를 잘못 고르면 박차는 순간 가지가 부서질 수 있기에 지나친 속도는 금물이었다.

나는 집중해 가능한 한 튼튼해 보이는 나무를 골라 되도록 살살 박찼다.

[스킬: 색적이 발동되었습니다.]

[스킬: 암시가 발동되었습니다.]

[스킬: 체술이 발동되었습니다.]

[스킬: 집중이 발동되었습니다.]

눈치가 빠른 신의 목소리가 자동으로 스킬을 발동시켰다.

나는 스킬의 힘을 빌려 조금 더 가속했다.

곧이어 눈앞에 가득하던 나무가 사라지더니 대신 탁 트인 해변이 나를 맞이했다.

손목시계를 확인하니 집에서 나온 지 20분쯤 지나있었다.

집에서 바다까지 약 100km 정도니까 얼추 계산이 맞았다.

"스킬: 색적과 기척 감지를 행사."

생각대로 바닷가에는 아무도 없었다. 아직 초봄이고, 그나마도 심야 두 시 반이니 당연하지만.

반대로 말하면 누군가 있는 게 이상한 곳. 그래서 나는 밤 바닷가를 골랐다.

모래사장을 조금 걸어 나가자 내가 찾던 물건이 눈에 들어왔다.

높이 2m에 무게는 6톤에 달하는 테트라포드…… 콘크리트 덩어리다.

"스킬: 신체능력 강화."

나는 스킬을 발동해 근육에 마력을 불어넣었다.

이 스킬을 사용하면 스테이터스 수치상으로 약 2배 정도 강해진다.

물리 공격을 할 때는 '반드시' 써야 할 만큼 기본 중의 기본인 스킬이다.

나는 전력의 3할 정도의 힘으로 테트라포드에 오른쪽 주먹을 날렸다.

"흡!"

쿠구우우우우우웅

꽹음과 동시에 무수한 파편이 내 맞은편 400m까지 날아갔다.

위쪽이 날아간 테트라포드를 바라보며 나는 어깨를 으쓱했다.

"콘크리트 산탄총 같은 느낌이네. 다음은 중력마법── 비약."

둥실 허공에 뜬 나는, 마력을 컨트롤하여 가속을 시작했다.

바로 음속의 벽을 돌파하여 마하 2 정도로 날아가기를 약 10분.

나는 태평양 400km 부근에서 이동을 멈췄다.

그리고 그 자리에서 집중력을 높여 마력을 연성했다.

마력이 몸 안을 돌며 심장의 고동이 빨라지는 것이 느껴졌다.

정제된 초고순도 마력이 나의 주먹에 모여들었다. 이건 내가 가진 공격 스킬 중에서도 가장 강력한 녀석이지만, 이렇듯 준비 시간이 오래 걸리는 단점을 가지고 있다.

뭐, 지금은 전투 중이 아니니 아무래도 좋다만.

마력이 다 모인 걸 확인한 나는 용사만이 다룰 수 있는 기술—— 금기의 마법을 발동시켰다.

"극대마법—— 토르 해머!"

직후 내 손바닥에서 해수면을 향해 한줄기 광선이 뻗어 나갔다.

"하하…… 역시 그렇겠지."

바닷물이 충격파에 밀려 나가면서 반경 200m짜리 구멍이 생겼다.

바닷물이 밀려난 탓에 바닥이 보였는데, 바닥도 크게 파여 있었다.

그리고 다시 밀려났던 바닷물이 몰려와 빠른 속도로 구멍을 메꾸기 시작했다. 마치 나이아가라 폭포를 보는 듯했다.

초현실적인 장관을 보며 나는 생각했다.

——아무래도 나는 터무니없는 초(超)생물이 되어 일본에 돌아온 모양이다.

신나기도 하지만 걱정도 있었다.

현대에선 이런 힘을 가지고 있어 봐야 괴물 취급받을 뿐이다.

어쩌면 이세계에서 퇴치했던 마왕 같은 취급을 받을지도 모른다.

어느 쪽으로 구르든 들키면 '평범'과는 영원히 작별이었다.

"되도록 숨기고 다녀야겠어."

나는 혼자 고개를 끄덕였다.

다음 날.

나는 아침을 먹으며 텔레비전 뉴스를 보고 있었다.

메뉴는 연어구이와 밥, 미소된장국, 시금치나물이었다.

'역시 밥이 최고지' 하고 절실하게 느꼈다. 이세계에서는 줄곧 빵만 먹었으니까. 밥이 말 그대로 오장육부로 스며드는 것 같았다.

뭐, 우리 엄마 요리실력이 대단한 것도 있긴 한데.

——아무튼 '초생물'인 나는 되도록 눈에 띄지 않도록 해야 한다. 나 때문에 가족에게 피해가 가면 안 되니까.

그때 갑자기 뉴스 캐스터가 긴박한 표정을 짓더니 뜻밖의 소식을 전하기 시작했다.

『긴급 속보입니다. 정확한 시간은 알 수 없으나 오늘 심야, 육지로부터 400km 떨어진 태평양에서 소규모 지진이 발생했습니다. 진원지는 지하 0m로…… 정부는 모 국가의 소형 핵병기 혹은 신형 폭탄 병기 실험이 일어났을 가능성이 있다는 견해를 밝혔습니다. 정부는 사태를 심각하게 받아들이고——.』

나는 마시고 있던 국을 푸왁! 뿜어냈다.

아침을 먹고 학교에 가자 낯익은 얼굴들이 날 찾아왔다.

"야, 모리시타. 어제는 무슨 마법을 쓴 거냐? 갑자기 어디로 사라진 거야?"

금발에 이가 빠진—— 불량 그룹의 대장인 무라시마가 내 자리 앞에 우뚝 섰다.

"그냥…… 멀리."

그나저나 보면 볼수록 얼빠진 얼굴이었다.

노랗게 물들인 머리카락 하며, 험악한 얼굴에, 마초 근육에, 이도 빠져서 없고. 키가 크니 위압감이 좀 있지만, 용족의 위압 스킬에 비하면 없는 거나 마찬가지였다.

그때는 왜 이런 녀석이 무서웠을까…….

그나저나 이 녀석, 의외로 점이 많은데. 앗, 코털도 삐쳐 나왔잖아.

웃음을 참고 있는데 무라시마가 나의 어깨를 툭 두드렸다.

"뭐, 됐어. 오늘 오후에 구교사 체육관 뒤로 와라."

"거절한다고 하면?"

그 말에 무라시마가 히죽 웃었다.

"하하, 이거 재미있네. 거절이라니…… 너도 농담할 줄 아는구나. 뭐, 안 오면 흠씬 두들겨 팰 테니까, 그리 알아."

"알겠어. 할 수 없으니 오늘은 어울려줄게."

물론, 나는 더 이상 애들을 상대할 마음이 없으므로, 이러는 것도 오늘로 끝이다.

그날 오후.

——나는 폭행을 당하고 있었다.

무라시마, 나카타, 미야사코.

노란색, 갈색, 파란색 머리에 피어스를 한 트리오가 나를 마음껏 때렸다.

번갈아 가며 순서대로 때리기를 30분째.

사건의 발단은 무라시마에게 "이제 그만 괴롭혀라" 하고 말한 것이었다.

화가 난 무라시마는 곧장 주먹을 들었고 그 뒤로 계속 이런 상태였다.

그때, 나의 뒤통수에 온 힘을 실은 주먹이 날아들었다.

아니, 이 녀석들 정말 생각이 없네. 뒤통수는 자칫 장애가 남잖아…….

속으로는 그런 생각을 하면서도 나는 저항 없이 순순히 맞아주었다.

아니 애초에 이걸 맞았다고 표현해도 될까.

일단 이 녀석들은 때린다는 생각으로 하고 있을 테니 맞았다고 표현했지만, 사실 얘들이 아무리 힘껏 때려도 나는 산들바람 같이 느껴질 뿐이다. 뭐, 아무래도 좋다만.

"이봐, 모리시타?"

무라시마가 나의 교복 멱살을 잡았다.

단추가 떨어지면 어떡할 거야, 멍청아.

약간 짜증이 난 나는 무라시마를 노려보았다.

"뭔데?"

"너도 이 이상은 맞고 싶지 않겠지?"

그보다는 이 이상 시간을 낭비하고 싶지 않다.

"뭐, 그야 그렇지."

"그럼 용서해달라고 빌어."

나는 속으로 쾌재를 불렀다. 30분간 맞는 것만으로는 임팩트가 부족하다 싶었는데.

속으로 싱글벙글하며 나는 고통스러운 표정을 지었다.

"자, 자, 잘못했습니다."

나는 세 사람 앞에서 엎드려 빌면서 용서를 구했다.

그러자 더욱 기쁘게도 무라시마는 나의 머리를 오른발로 짓밟았다.

정말 잘 됐다. 이것으로 더욱 유리해졌다.

다음 날 오후——.

"정말 죄송합니다아아아아아!"

학교 응접실에서 교사들이 지켜보는 가운데 무라시마와 나카타, 미야사코, 그들의 부모…… 합해서 9명이 나에게 사죄하고 있었다.

"아니, 여러분…… 고개를 들어주십시오."

나의 말에 일동이 고개를 들었다.

뭔가를 기대하는 표정이다. 아무래도 나에게 자비를 바라는 모양인데.

"그럼…… 용서해주시는 겁니까?"

무라시마의 아버지가 말했다.

나는 대답 대신 활짝 미소를 지었다.

"사과로 끝날 거면 경찰은 필요 없다는 말…… 들어보셨습니까?"

나는 소파에 앉아 천장을 올려다보면서 무언가를 고민하는 척했다.

실은 어제 있었던 일들을 미리 준비해 둔 디지털카메라로 몽땅 촬영했다. 어제 기꺼이 맞아준 이유가 바로 이거였다.

그 후, 나는 그 영상을 USB 메모리에 옮겨 편지와 함께 각자의 집에 보냈다.

편지에는 경찰에 신고할 예정이라는 말과 함께 민사소송 의뢰 예정인 변호사의 프로필까지 함께 넣어놓았다.

말하자면 봐주지 않겠다는 의사 표명이었다.

그리고 오늘에 이르는데.

──효과는 뛰어났다!

내가 직접 손을 봐줄 수도 있었지만, 나는 약자를 괴롭히는 고약한 취미는 없다.

그렇다고 해서 그냥 다 덮어주고 넘어가는 것도 내키진 않았다.

고민 끝에 나는 사회의 규칙을 이용하는 편이 올바른 청소년 교육에 도움이 될까 싶어 이 같은 방법을 골랐다.

"그래도…… 다들 반성하는 모양이니 이번에는 고소 없이 학교가 내린 정학 처분만으로 넘어가도록 하죠."

나는 선심 쓰듯 말했다.

——다음 날.

길을 걷던 나는 느닷없이 납치를 당했다.

신호를 기다리며 있자니 웬 봉고차 하나가 길옆에 멈춰 섰다.

그리고는 차 문을 열고 두 명의 복면을 쓴 남자가 나타나더니,
그대로 나를 잡아다 차 안에 집어넣었다.

그들은 나를 차에 집어넣자마자 안대와 마스크로 눈과 입을 막
고 그 위에 테이프를 빙글빙글 감기 시작했다.

물론 나는 굳이 저항하지 않았다.

운전수는 나카타이고 내 옆에 앉은 사람이 미야사코, 그리고
뒷좌석이 무라시마일까.

폭주족과 아는 사이라고 들었지만, 설마 이 녀석들이 이 정도
로 머리가 나쁠 줄이야.

"헤헤, 모리시타? 이게 다 너 때문이야. 다행히 최악의 사태인
퇴학은 간신히 면했다만…… 경찰이니 재판소니 더는 그런 헛소
리 못 하도록…… 공포와 고통으로 확실히 길들여주마!"

어이, 이봐라? 이거 납치 감금 상해잖아…….

심지어 퇴학이 최악의 사태라니, 소년원이 뭔지를 모르냐?

아니면 이 바보는 자기가 경찰에 잡히는 게 어디 판타지의 세
계에서나 있는 일이라고 생각하는 건가?

그렇게 차가 달리기를 30분. 차의 엔진 소리가 멎고 문이 열리더니 나를 질질 밖으로 끌어냈다.

"이봐, 모리시타? 안대 좀 벗어볼래?"

시키는 대로 테이프를 떼고 안대를 벗었다.

"……숲속인가."

쇠 방망이와 나이프를 든 세 바보가 비열한 미소를 짓고 있었다.

"모리시타, 넌 너무 지나쳤어. 지금부터 네놈에게 나이프 맛을 보여줄게. 너는 이런 거 베여본 적도 없지? 아니 나이프 자체를 처음 보려나? 헤헤, 베이면 말이지? 아픈 게 아니라 뜨겁다? 평소에는 좀처럼 맛볼 수 없는 귀중한 경험이지. 어이쿠 모리시타는 좋겠네?"

아~ 물론, 나이프에 베인 적은 없었지. 베르세○크의 가○가 쓰는 대검 같은 거에 등을 베인 적은 있다만.

직후 미야사코가 나의 정수리를 향해 방망이를 휘둘렀다.

맙소사.

나는 쓴웃음을 지었다.

평범한 사람이었으면 불구가 되던가, 재수 없으면 죽는다고?

어쩔 수 없군.

되도록 말로 끝내고 싶었지만, 얘들 상대로는 불가능한 것 같다.

[스킬: 체술이 발동되었습니다.]

또 멋대로 스킬이 발동했다. 이세계에 있을 땐 이러지 않았는데.

이쪽으로 돌아오면서 신의 목소리가 더 친절하게 변했나?

하지만 고작 이 녀석들 상대로 스킬까지 쓸 필요는 없다.

나는 미야사코가 내리친 방망이를 아래쪽에서 어퍼컷으로 쳐 냈다.

까앙—— 하고 야구장에서나 들릴법한 맑은소리가 숲에 울려 퍼졌다.

뭐, 내 주먹이 공이라고 하면 틀린 말도 아니겠네.

충격을 버티지 못한 미야사코가 방망이를 놓쳤고, 방망이는 그 대로 빙글빙글 회전하며 하늘 높이 올라갔다.

"주먹으로 쳐냈……어? 저렇게 높이?"

어안이 벙벙해진 세 사람은 방망이가 땅에 도로 떨어질 때까지 멍하니 바라보고 있었다.

이윽고 방망이가 땅에 떨어지자 무라시마의 입이 쩍 하고 벌어 졌다.

쇠 방망이가 무슨 철사처럼 꺾여있었다. 평소에 쉽게 볼 수 없 는 그림이었다.

"아, 아니, 너…… 모리시타!"

"왜?"

"너, 그러고 보니 그저께 두들겨 팰 때도 전혀 아픈 내색을 안 했지?!"

"그야 안 아프니까."

"게다가 정학 이야기도…… 네 성격에 그런 짓을 할 수 있을 리 가 없어. 갑자기 달라진…… 그래, 며칠 전에 사라졌을 때부터다!

그때부터 뭔가 변했어! 대체…… 무슨 일이 일어난 거냐! 넌 어디로 사라졌던 거야?!"

"어라, 머리가 나쁜 줄 알았더니 감은 좋은 모양이네. 그래, 내가 그때 어디로 사라졌냐 하면 말이지."

나는 잠시 뜸을 들인 뒤 입을 열었다.

"이세계입니다만, 문제라도?"

"뭔 헛소리야……?"

나는 미야사코에게 다가가 그의 오른쪽 손목을 살짝 잡았다.

"야, 너……?!"

"이영차."

살짝 힘을 주어 비틀자 미야사코의 손목이 마른 나뭇가지처럼 뚝 소리를 내며 부러졌다.

이상한 방향으로 휘어져 덜렁덜렁 흔들리는 자신의 손목을 보면서 미야사코가 얼빠진 소리를 냈다.

"어……? 뭐야 이게……?"

그리고 한동안 멍하니 자기 손을 바라보더니——.

"그아아아아아아아아아아아아아아아아악!"

뒤늦게 비명을 질렀다. 아무래도 너무 놀란 나머지 통증이 뒤늦게 찾아온 모양이다.

미야사코는 바닥을 뒹굴며 계속 비명을 질렀다.

"야, 모리시타 너—— 그흑."

나는 이어서 나카타의 턱에 딱밤을 날렸다.

나카타는 턱뼈가 부서지며 의식이 날아가 털썩 쓰러졌다.

"너, 너, 너 이 자식! 뭘 한 거야! 대체 무슨 짓을 한 거냐고?!"

홀로 남은 무라시마는 두 사람이 잇달아 쓰러지자 뒤늦게 상황을 파악했는지 반쯤 미친 듯이 큰소리를 지르며 제자리에서 쇠 방망이를 휘두르기 시작했다.

쇠 방망이를 휘둘러 위협해봤자 나한테는 별 의미 없다만…….

아무튼 무라시마의 안색은 창백했고, 눈빛은 완전히 공포로 물들어 있었다.

나는 무라시마를 향해 천천히 다가갔다.

"오지 마! 오지 마! 오지 마, 오지 마, 오지 마!"

"섭섭하게 왜 그래. 매일매일…… 방과 후에 나와 너희 세 사람은 늘 함께 있었잖아? 그래, 매일매일."

무라시마가 휘두르던 쇠 방망이가 내 머리에 날아들었다.

깡 하는 쇳소리가 숲속에 울려 퍼졌고, 무라시마의 입가에도 미소가 퍼졌다.

하지만.

"야, 너, 너, 너 말, 너녀녀너어어어어어어어어머리가, 아아, 아아, 아아아아아아아아아아아아아!"

무라시카는 미소는 단번에 공포로 물들었고, 곧이어 처절한 비명을 질러대기 시작했다.

쇠 방망이로 머리를 맞았는데 아픈 내색은커녕, 미소를 짓고 있었으니까.

나라도 이런 일을 겪었으면 공포가 치솟았을 거다.

"그러니 이제 날 건드리지 말라고?"

나는 무라시마의 허리를 양손으로 잡고 자세를 잡은 뒤——.

그대로 위를 향해 수직으로 내던졌다.

무라시마는 15m쯤 올라갔다가 그대로 땅을 향해 추락하기 시작했다.

"아흡!"

그리곤 비명을 지르며 바닥에 처박히더니 의식을 잃었다.

다리부터 떨어지게끔 던졌으니 죽진 않았겠지만, 뼈는 부러졌을 거다.

"자, 다음은 회복마법을."

내 손바닥에 회복마법의 초록빛이 감돌았다.

내 회복마법이라면 만에 하나 잘못돼서 팔다리가 떨어져 나가도 고칠 수 있으므로 골절 따위는 문제도 아니었다.

뭐, 내장이 다치면 나라도 장담할 순 없지만.

참고로 공주는 목숨만 붙어 있으면 어떤 상태라도 고칠 수 있었다.

세 사람의 치료는 금방 끝났다.

"마지막으로 기억 조작."

정신혼란마법의 상위마법인 세뇌마법을 응용하면 기억을 조작할 수 있다.

조작이라 해봐야 마지막 2~30분 이내의 기억밖에 만질 수 없으니 생각만큼 만능 기술은 아니지만.

지금은 그걸로 충분하다.

그리고 내가 기억을 조작하더라도 그들이 맛본 두려움과 공포는 사라지지 않는다.

앞으로 이유도 모른 채, 날 볼 때마다 공포를 느끼겠지.

"지긋한 과거도 여기서 끝이다."

이렇게 나는 무라시마 일동과 과거의 악연을 끊었다.

불량배는 해결했다만, 앞으로 어쩌지…….

집 거실.

나는 앞으로 어떻게 해나가야 할지를 고민하고 있었다.

용사라고 해도 뭐…….

결국은 싸우기만 할 뿐인 바보다. 현대 사회에서 샐러리맨을 하더라도 도움이 될만한 스킬 하나 없다.

나는 감자칩을 씹으며 저녁 뉴스에 귀를 기울였다.

뉴스에서는 국내 출신 메이저 리그 선수의 소식이 나오고 있었다.

"사부로 씨도 참 대단하지. 마흔이 넘었는데도 메이저 리그에서 뛰고 있다니."

메이저 리그 선수라. 천부적인 재능을 가지고 부단한 노력을 한 끝에 도달한…… 하나의 정점이라고 봐도 되지 않을까?

존경할만한 업적이다. 나도 저렇게 살고 싶은데.

아무튼, 대단하다.

"돈도 엄청 많겠지?"

'명성과 부'라……

집이 그리워 이세계에 버리고 왔지만, 나라고 욕심이 없는 건 아니다.

하지만…….

난 텔레비전을 보며 나는 한숨을 내쉬었다.

"천재가 노력에 노력을 거듭하여 도달한 경지에 내가 무슨 수로……."

나는 문득 떠오른 생각에 감자칩을 집던 손을 멈추었다.

──할 수 있지 않나? 내가 저 사람들보다 발이 더 빠를 텐데? 동체시력도 이미 인간을 졸업했잖아?

가만…….

나는 곧바로 스마트폰으로 검색창을 열어 '프로 야구선수 연봉'을 검색했다.

바로 최근에 되도록 눈에 띄지 말자고 결심한 참이지만, 뭐, 절정을 누리는 선수보다 약간 덜 활약하면 아무도 모르지 않을까?

나는 한 시간쯤 인터넷을 돌아다닌 끝에 야구선수의 구체적인 연봉을 찾아냈다.

"과연. 아오야마(도쿄의 명품가)에 집 한 채와 슈퍼카 정도인가."

나는 텔레비전 속의 사부로 씨를 향해 선언했다.

"사부로 씨, 저…… 일단 고시엔을 목표로 하겠습니다!"

내가 야구를 하기로 결심한 다음 날.

조회 시간에 웬 전학생이 교실에 들어왔다.

"오늘 전학 온 레이라 사카구치야! 내가 너희랑 같은 건 나이뿐이니까 잘 알아두라고! 그리고── 너희는 앞으로 무조건 나에게 잘 대해줘야 해!"

전학생이 우리를 향해 오른손 검지를 '척' 내밀며 말했다.

금발 벽안의 미소녀였다.

머리는 양쪽으로 묶었고, 키는 140~50cm나 되려나? 가슴도 키 못지않게 작았지만, 당당히 펴고 있었다.

엄청난 캐릭터구나. 거만…… 아니, 그냥 센 척인가?

사카구치는 하고 싶은 말은 다 했는지 그대로 입을 다물어버렸다.

결국, 선생님이 전학생 대신 다시 소개했다.

"사카구치는 핀란드에서 태어나 이탈리아에서 자란 크리스천입니다. 월반을 거듭하여 열 살에 미국의 대학원을 졸업하고 박사학위를 딴 영재이죠. 아버지가 핀란드인이며 어머니가 프랑스인, 그리고 할머니가 일본과 러시아의 혼혈입니다. 덕분에 일본어도 능숙하죠."

설정이 너무 과한데?

인사만으로도 이미 충분했는데.

무슨 라노벨에 나오는 츤데레 아가씨냐.

그런 생각을 하던 중—— 나는 사카구치와 눈이 마주쳤다.

직후 사카구치가 갑자기 내 자로 곧장 다가오더니 대뜸 책상을 '탕' 하고 두드렸다.

"너!"

"뭐야?"

사카구치는 대답도 없이 가만히 내 눈을 보더니…… 이윽고 아니라는 듯 고개를 가로저었다.

"으음, 담임을 협박해서라도 애 옆자리로 가려고 했더니만…….”

저기요, 협박이라니요.

그나저나, 이 녀석 진짜 강렬한 캐릭터다. 라노벨 속에서 왔다고 해도 믿겠어.

아, 그건가? 요즘 일본 애니메이션은 해외에서도 인기 있다고 하던데, 너무 심취한 나머지 캐릭터를 연기하고 있다던가?

혹시 애니메이션에 나오는 일본의 모습이 전부 사실이라고 믿고 있는 거 아니야?

"뭐냐니깐?"

"아니, 사람을 잘못 본 모양이야. 신기한 오라를 느껴서, 혹시 너인가 했는데…….”

이것 참 의미심장한 답변이 돌아왔군.

첫눈에 반할 뻔했다는 뜻인가?

아니, 내가 봐도 난 잘생긴 편은 아닌데?

"…………?"

"신경 쓰지 마! 착각인가 봐."

그리고는 사카구치는 담임을 협박하여 보란 듯이 창가 제일 뒷자리를 차지했다.

전학 첫날이건만, 그녀는 수업을 모두 꿈속에서 받았다.

뭐, 대학원을 나와 박사학위까지 갖고 있는데 수업을 듣는데 무슨 의미가 있겠냐마는.

왜 군이 일본까지와 고등학교에 전학 온 건지는 모르겠다만…… 그것도 내 알 바 아니다.

참고로 그녀는 잠을 잘 때 이외는 계속 날 힐끔힐끔 쳐다봤다.

어쩌다 눈이 마주치면 "역시 이상하네…… 왜 그럴까……" 하고 중얼거리며 고개를 갸웃거렸다.

방과 후.

나는 반장과 함께 복도를 걷고 있었다.

——무라야마 토우카.

키 157cm, 체중 51kg.

글래머러스한 몸매에 안경을 벗으면 미인이다.

참고로 가슴은 G컵이다.

프로필을 보면 알겠지만, 사카구치 못지않은 라노벨 속 캐릭터 같은 사람으로, 야구부의 매니저 일도 하고 있다.

『내가 너를 고시엔까지 데려가 줄게.』

『약속한 거다?』

거기서부터 시작되는 두 사람의 사랑, 그리고 고시엔에서 우승한 날, 두 사람은 뜨거운 키스를……

반장의 통통 흔들리는 가슴을 보며 그런 생각을 하던 나는 주먹을 꽉 쥐고 새롭게 결의를 다졌다.

"모리시타? 왜 그래? 히죽거리면서……"

"응? 아냐, 아무것도."

정신 차리자. 망상도 적당히 해야지, 자칫하면 변태 취급을 당할 수 있다.

나는 무라야마를 따라 야구부가 있는 운동장으로 향했다.

반장은 먼저 나를 야구부원들에게 소개했다.

그렇다. 이른바 체험 입부다.

나는 먼저 타석에 서서 야구부 에이스의 공을 체험해보기로 했다.

"모리시타, 방망이를 주긴 했지만 아마 초보자가 치긴 어려울 거야. 그러니까 헛스윙이 되더라도 자신 있게 휘둘러 봐."

반장은 배려심이 넘치는군.

나는 반장의 가슴을 보며 살짝 고개를 끄덕였다.

내가 자세를 잡자 곧 투수가 크게 팔을 쳐들더니, 힘껏 직구를 던졌다.

이거, 정확히 가운데를 노리고 던졌군. 구속은 110~120km 정도이려나?

평범한 초보라면 턱도 없겠지만, 나는 이세계 스테이터스를 가지고 돌아왔단 말이지. 솔직히 다 보인다고.

나는 힘을 조절해가며 배트를 휘둘렀다.

좋아, 틀림없는 홈런이다!

초보가 어쩌다가 에이스의 공을 쳤는데 공이 밖으로 날아간다. 그게 이번 시나리오다.

미래의 요미ㅇㅇ 자이언츠 5번 타자나 3번 타자의 일화로 딱 좋을 것이다.

기다려, 반장!

내가 널 반드시 고시엔으로 데려갈 테니까!

[스킬: 검술 레벨10이 발동되었습니다.]

뭐라고?!

왜 여기서 스킬이 발동되는데?!

불길한 예감이……!

──쓱싹!

"으악!"

포수의 보호구에 공(이었던 것)이 부딪쳐 '투둑' 하고 떨어지는 소리가 들렸다.

조용히 뒤를 돌아본 나는, 설마 했던 참상에 머리를 싸맸다.

옆에서 반장이 작게 중얼거리는 소리가 들려왔다.

"……볼이 갈라졌어."

나는 등에 식은땀이 줄줄 흐르는 게 느껴졌다.

눈에 띄지 말자고 정한지 얼마나 됐다고 바로 사고를 친단 말인가.

내가 인간을 초월했다는 게 들켰다간 NASA 같은 곳에 UMA나 요괴라고 하며 끌려갈지도 모른다. 아니, 어느 쪽이 되든 세상을 뒤흔드는 대사건이 될 거다.

가능한 상식의 수준에서 스테이터스를 활용하기 위해 야구를 골랐건만.

그 첫걸음이 '방망이로 야구공을 두 쪽으로 만들었습니다'라니.

내가 이걸 어찌해야 하나 머리를 싸매고 있자니 반장이 현실적인 결론을 내놓았다.

"불량품이 섞여 있던 모양이네."

그 후 나는 몸이 안 좋다는 이유로 야구부에 체험 입부를 중단했다.

──다음 날.

나는 여느 때처럼 집에서 아침을 먹고 학교를 향했다.

"……역시 스킬의 상태가 이상해."

스테이터스의 영향을 받는 근력 같은 건 원하는 대로 조절할 수 있었다.

문제는 신의 목소리가 멋대로 발동시키는 스킬이었다.

스킬의 자동 발동은 이세계에 있을 때부터 '신의 목소리'가 가지고 있던 기능이지만, 이곳으로 돌아온 뒤로는 발동 빈도가 높아졌다.

원래는 내가 방심하더라도 먼저 위험을 탐지하여 스킬을 대신 사용하는 편리한 기능이었으나, 지금은 불편하게 짝이 없었다.

"이래서야, 고시엔은 보류군……."

반장의 가슴이 떠올라 눈물이 나려던 찰나, 나는 낯익은 얼굴을 발견했다.

"……레이라 사카구치인가?"

약 200m 앞, 길모퉁이에서 금발 트윈 테일이 누군가와 말다툼을 하고 있었다.

금발 트윈 테일이야 안 봐도 누군지 뻔하지만, 말다툼 상대가 누구인지 잘 모르겠군.

아무래도 여학생인 것 같은데…….

[스킬: 원시가 발동되었습니다.]

또 멋대로 스킬이 발동되었다.

뭐, 이번에는 도움이 되었으니 됐지만.

"어라? 저 사람은……."

──아베노 카구야.

나와 같은 학교에 다니는 3학년 선배다.

키 163cm에 체중은 52kg.

왜 내가 그런 걸 알고 있냐고? 저 사람은 팬클럽이 있거든.

참고로 반장의 스리 사이즈도 같은 이유다.

유서 깊은 신도(神道 : 일본 민족 종교) 가문의 품행방정한 아가씨로, 대단한 미인이다.

허리까지 오는 긴 검은 머리가 특징으로, 행사 때마다 직접 무녀 일을 한다는 모양이다. 그렇다! 코스프레가 아니라 진짜 무녀인 거다!

참고로 가슴은 F컵이다.

가슴 십자군인 나는 이세계로 전이하기 전부터 그녀를 주시하고 있었다.

그렇다고는 해도 저 싸움에 끼어들 생각은 전혀 없지만.

잠시 후, 레이라 사카구치는 어지간히도 열을 받았는지 아베노 선배에게 중지를 세우고는 그대로 먼저 몸을 돌려 학교로 가버렸다.

생각보다 크게 싸운 모양이다.

그나저나 저 이탈리아 산 핀란드 인은 전학 오자마자 싸움을 벌인 건가…….

아베노 선배는 한숨을 쉬며 어깨를 으쓱했다.

그리고 그 모습을 보고 있던 나와 눈이 마주쳤다.

"거기, 너."

그녀가 나에게 손짓했다.

"네? 저요?"

"그래. 잠깐 와봐."

나는 시키는 대로 아베노 선배에게 걸어갔다.

그러자 선배는 갑자기 양손으로 내 머리를 꽉 잡더니, 나의 눈

속을 살펴보듯이 지그시 바라보기 시작했다.

너무 가깝…… 아니, 가까이서 보니 엄청 예쁘잖아, 이 사람.

달콤한 숨결이 코끝을 간질여 왠지 묘한 기분이 들었다.

그러고 보니 어제 사카구치도 같은 걸 했던 것 같은데?

"이상하네. 기분 탓인가……."

아베노 선배가 사카구치와 마찬가지로 의아한 듯 고개를 갸웃했다.

"무슨 문제라도 있나요?"

"아냐, 신경 쓰지 마. 기분 탓이었어."

그러더니 아베노 선배는 나에게서 손을 떼고 아무 일 없던 양 학교를 향했다.

"저기……."

그렇다.

이것인 천재일우의 기회다.

나처럼 평범한 학생에게 무슨 착각을 했는지 모르겠다만…… 이 학교 최고의 미소녀가 나에게 말을 걸었다.

기회는 지금밖에 없다!

"무슨 할 말이 남았니?"

아베노 선배의 눈이 바쁜데? 하고 말하고 있었다.

역시 그만둘까 하는 생각이 들었지만, 나는 스스로를 북돋웠다.

나는 나 자신에게 물었다.

나의 인생에 무녀와 친해질 기회가 과연 또 있을까?

──아니, 없다!

에잇, 거절당하더라도 창피함은 잠깐일 뿐!

지금 돌아서면 후회한다! 나는 무녀를 모아 미팅을 열고 싶다고!

"저기…… 그게…….."

"뭔데?"

나는 과감히 말해보았다.

"저와 친구가 되어 주십시오! 그리고 번호 가르쳐주십시오!"

순간 아베노 선배는 '얘는 무슨 소릴 하는 거지?' 하는 표정을 짓더니 이내 다시 싱긋 웃었다.

"거절할게."

그렇겠지.

아니, 나도 설마 이렇게 갑자기 대화할 기회가 생길 거라고는 생각도 못 했다.

뭐, 말 거는 건 공짜잖아? 애초에 나는 대뜸 양손으로 얼굴을 붙잡혔다고? 살짝 당황하긴 했지만.

아베노 선배는 더욱 온화하게 생글생글 웃으며 말을 이었다.

"눈앞에서 사라져── **이 쓰레기만도 못한 걸레 놈아.**"

너무하잖아.

누가 품행방정한 아가씨라고 했냐.

학교로 향하며 아베노 선배는 돌아보지도 않고 손을 흔들며 이렇게 말했다.

"토한 것보다 심한 음식물 쓰레기 같은 냄새가 풀풀 풍기니 앞

으로 나에게 다가오지 마. 그럼."

정말 너무하잖아.

그보다 이 학교 학생들, 캐릭터가 너무 강하잖아.

아무튼 이만한 독설을 들으니 충격을 받지 않을 수가 없었다. 심지어 자업자득이었다.

아침부터 헌팅이라니 이 무슨 어리석은 짓이란 말인가.

추욱…… 기분이 우울해졌다.

[스킬: 정신내성이 발동되었습니다.]

또 멋대로 스킬을 발동하다니…… 오오, 가라앉았던 마음이 회복되는 것 같다.

그때 아베노 선배가 엄청난 기세로 이쪽을 돌아보았다.

그리고는 아까처럼 다시 내 눈을 살피더니, 이쪽으로 돌아와…… 나의 등 뒤로 돌아갔다. 내 뒤에 뭐가 있나?

"등 뒤에는 아무것도 없는데……? 음……."

아베노 선배는 무언가 생각에 잠겼다.

"저기, 너?"

"네?"

"레이라 사카구치에게 무슨 말을 듣거나 이상한 짓을 당하지 않았어?"

"처음 만나자마자 느닷없이 다가와서는 제 얼굴을 뚫어지도록 보긴 했죠."

"……그래서?"

"기분 탓이라고 하던데요…… 딱히 신경 쓰지 말라고……."

"흐음……."

아베노 선배가 다시 뭔가를 고민하기 시작했다.

그리고는 가방에서 메모장과 펜을 꺼내더니 메모장에 뭔가를 슥슥 적어 나에게 건네주었다.

"자."

"네?"

"내 번호. 그럼."

내가 메모를 받아들자 아베노 선배는 다시 뒤로 돌아 학교로 향했다.

나는 선배의 뒷모습을 그 자리에서 서서 멍하니 바라보았다.

"헛! 뭐가 뭔지 잘 모르겠지만 무녀 미팅이 현실미를 띄기 시작했어!"

나는 진심으로 기뻐 팔짝 뛰었다.

그날 방과 후——.

노을 진 주택가를 걸으며 나는 아베노 선배에게 첫 문자를 뭐라고 보낼지 고민하고 있었다.

『친구가 되어 주십시오! 그리고 번호 가르쳐주십시오!』

그리고 나는 선배의 번호를 받았다.

이건 즉, 선배가 나와 친구가 될 생각이 있다는 거 아니겠는가!

아니, 어쩌면 이미 썸을 타기 시작한 게 아닐까?

후후…… 이세계를 합쳐 외롭게 보낸 19년…… 동정인 나에게
도 드디어 행운이!

"엄마 저 사람 히죽거려서 징그러워."

"보면 안 돼!"

길을 가던 가족에게 그런 말을 들었다.

안 되겠다. 아무래도 이세계에서 돌아온 뒤로 히죽거리는 버릇
이 든 모양이다.

약간 발걸음을 서두르기로 한 나는 삼림공원으로 향했다. 이
공원을 가로지르는 게 집으로 가는 지름길이다.

공원 안을 걷고 있자니 머리가 긴 여자가 길에 홀로 우뚝 서 있
는 게 보였다.

마스크는 그렇다 쳐도, 저 코트는 봄에 입을 디자인이 아닌 것
같은데.

그 여자는 길 한가운데에 우뚝 서서 그저 가만히 하늘을 올려
다보고 있었다.

뭔가 느낌이 좋지 않은걸.

단순한 취객이면 다행이다만, 모종의 약을 하는 사람일지도.

그런 생각이 든 나는 서둘러 그 여자를 지나치기로 했다.

여자의 옆을 지나가려는 순간———.

"저기, 너 말이야?"

여자가 나에게 말을 걸었다.

그냥 무시했으면 됐을 일이건만, 여기서 불행이 일어났다.

나의 스카우터가── 그녀의 코트 속 추정 E컵 가슴의 압도적인 전투력을 탐지한 것이다.

"왜 그러세요?"

자세히 보니 꽤 미인이잖아?

왜 이런 곳에서 우두커니 서 있는 거지?

"나── 예뻐?"

예상치 못한 질문이었다. 역시 약이라도 했나?

이렇게 됐으니 대답 안 할 순 없고.

"네, 예쁜데요?"

그러자 여자가 마스크에 손을 댔다.

"이래도── 예뻐?"

그녀가 오른손으로 마스크를 벗자──.

"으아아아아아아아아아아아아아아악!"

[스킬: 체술이 발동되었습니다.]

나는 너무 놀란 나머지 여자의 얼굴에 라이트 스트레이트를 꽂아 넣었다.

아니, 안 놀랠 수가 없었다고!

글쎄, 입이 엄청나게 찢어져 있었다니까?!

내 주먹에 맞은 그녀는 그대로 날아가 나무를 두 그루쯤 꺾고 바닥을 굴렀다.

나는 경악에 휩싸여 혼잣말을 흘렸다.

"정말 있구나, 입 찢어진 여자가……. 아니, 요괴인가…… 응?"

내 발치에 15cm 정도 되는 서바이벌 나이프가 떨어져 있었다.

아무래도 저 여자가 내 주먹에 맞는 순간 떨어트린 모양이다. 설마 사람을 습격하는 요괴였나?

나는 종종걸음으로 입 찢어진 여자에게 다가갔다.

움찔움찔 경련하고 있는 그녀를 일으키기 위해 나는 손바닥을 내밀었다.

"갑자기 때려서 미안. 왜 너는 인간을 덮치려고——."

말을 걸고 보니 입 찢어진 여자는 콧대가 부러졌는지 코피를 콸콸 흘리고 있었다.

이런. 먼저 사정 청취를 해야 하는데, 코피를 이래 흘려서야, 말을 할 수 없잖아.

나는 코피를 멎게 하려고 그녀에게 회복마법을 사용했다.

슈와슈와슈와.

녹색 불빛들이 입 찢어진 여자의 사지로 모여들어 그녀의 몸을 녹이기 시작했다.

어쩐지 입 찢어진 여자의 표정이 편안하고 기분 좋은 듯한……?

그때 나는 깨달았다.

"아뿔싸, 언데드는 회복마법을 쓰면 성불하지 않던가?!"

허무하게도, 입 찢어진 여자는 그 자리에서 완전히 사라져 하늘로 올라갔다.

하아…….

나는 그 자리에서 한숨을 내쉬었다.

무슨 꿍꿍이였는지 물어보고 싶었는데…… 뭐, 이것은 이것대로 괜찮은 결과인가.

편안해 보였고, 기분도 좋아 보였으니.

그때 20m쯤 떨어진 나무 위에서 무언가가 뚝 떨어졌다.

응? 하고 고개를 든 순간, 나는 교복 차림에 상반신만 있는 인간과 눈이 마주쳤다.

"아…… 요괴 테케테케."

아무래도 방금 있었던 일을 모두 지켜보고 있었던 모양인지, 요괴답지 않게 울먹이며 부들부들 떨고 있었다. 마치 도베르만 앞에 선 치와와 같았다.

나 역시 요괴가 떨고 있는 장면은 처음이었으므로, 어쩌지도 못하고 그냥 멍하니 바라보고 있었다.

그리고——.

——테케테케는 쏜살같이 어디론가 도망쳤다.

——자, 어디.

무사히 집으로 돌아와 저녁을 먹은 지금, 현재 시각 오후 8시 반.

입 찢어진 여자라는 해프닝이 있었으나, 지금 그런 일은 아무래도 좋다.

중요한 건 아베노 선배에게 첫 문자를 어떻게 보내느냐이다.

그나저나 정말 운이 좋았다. 설마 아베노 선배와 접점이 생길 줄이야…….

아니, 나도 아베노 선배와 사귈 수 있을 거라고는 생각하지 않는다고?

상대는 학교의 유명인이고, 팬클럽까지 있는 대단한 미인이니까.

다만…… 번호를 알려주었으니 이걸 계기로 친구는 될 수 있지 않을까?

그렇게 되면 언젠 아베노 선배가 무녀 친구를 소개해줄지도 모르잖아?

그러면 내 인생의 목표인 무녀 미팅도 꿈은 아닐 터이다.

천릿길도 한 걸음부터라는 말은 그야말로 이런 것이다. 일단 문자에 쓸 문장은 가볍게 가볼까.

『안녕하세요, 오늘 아침 번호를 받은 모리시타 다이키입니다. 앞으로 잘 부탁드리겠습니다.』

좋아, 완벽하다. 무난해.

"보내야지."

메시지를 보내고 5초 뒤, 곧장 착신음이 울렸다.

보낸 사람은 아베노 선배——.

"5초 만에?!"

나도 모르게 소리치고 말았다.

뭐, 그건 차치하고 답장엔 뭐라고 쓰여 있을까?

두근거리며 메시지를 확인하려는 순간——.

[스킬: 주살내성(미약)이 발동되었습니다.]

뭐라고?!

왜 이 타이밍에 이런 무서운 이름의 스킬이 발동한 거냐!

정말 이쪽에 돌아오고 나서 '신의 목소리'의 상태가 이상하다. 성능이 떨어졌나?

그런 것보다 아베노 선배의 문자는…….

『단도직입적으로 물을게. 너의 친족에 황궁경찰, 궁내청, 혹은 음양사의 관계자가 있을까?』

나는 잠시 멍하니 있었다.

질문의 뜻이 이해가 안 가는데…….

아아, 그건가!

나는 손을 짝 마주쳤다.

"좋은 집안의 따님이라 친해 전에 신변 조사를 해야 하는구나!"

집안이 좋아도 힘들구나.

그것도 신사나 음양 관련으로…… 아마 여러모로 그쪽 세계의 사정이 있는 모양이다.

어디, 답장을 보내볼까.

『없습니다. 아버지는 신용금고에서 일하시고, 어머니는 전업주부거든요. 갑작스럽지만 선배는 어떤 음악을 좋아하시나요?』

좋아, 무난하다!

게다가 자연스럽게 취미를 물어 화제를 넓히는 잔기술도 썼다.

좀 더 능숙한 사람이라면 그밖에도 다양한 테크닉을 쓰겠지만 동정인 나는 이 정도가 한계다.

좋아, 보내기…….

문자를 보내고 3초 뒤, 다시 착신음이 울렸다.

보낸 사람은 아베노 선배로——.

"3초 만에!"

아무리 그래도 너무 빠르잖아!

무슨 특수능력을 부려야 이럴 수 있지?!

아무튼 메시지를 확인하려는 순간——.

[스킬: 주살무효(약)가 발동되었습니다.]

뭐라고?!

또냐!

심지어 아까보다 강해졌잖아!

정말 신의 목소리는 엉터리가 되어버린 건가.

아무튼 아베노 선배의 문자는…….

『너의 질문에 대답할 생각은 없어. 그럼 타이라노 마사카도나 오다 노부나가, 혹은 아마쿠사 시로와 같은 역사상의 인물과 혈연은?』

내 질문은 무시인 거냐…….

조금 짜증이 났다.

아까부터 나의 혈연만 묻고…… 그야 좋은 집안의 아가씨에게 는 여러 가지가 있을지도 모르지만.

나와 문자를 주고받는다면 날 물어보는 게 우선 아냐?

『오늘 아침, 친구가 되고 싶다고 말했었죠? 저는 순수하게 선배와 친해지고 싶습니다. 너무 자세히 파고들면…… 이쪽에도 생각이 있다고요? 이제 그만하시죠!』

좋아, 보내자.

그리고──.

지금까지 답장이 곧바로 돌아왔기에 이번에도 그러리라 생각했으나, 아무리 기다려도 답장은 오지 않았다.

"아아, 어떡하지……! 약간 화가 난 것처럼 보낸 바람에 아베노 선배가 화가 났나 봐! 어떡하지."

나는 침대에 쓰러져 두 다리를 파닥파닥 흔들었다.

사이드: 아베노 카쿠야

나의 이름은 아베노 카쿠야.

아베노 가는 신사를 운영하는 유서 깊은 집안이지만, 우리 일족에게는 이면이 있다.

한마디로 말해…… 퇴마사 집안이다.

소위 위정자라 불리는 자들과 소통하며, 어둠에 숨어 움직이는 온갖 요괴를 사냥하는 일이다.

그중에서도 나는 나이에 비해 우수한 실력이라는 소리를 듣고 있지만, 지금 중요한 건 그게 아니다.

이능력자는 상대의 눈동자를 보면 그 사람이 이능력자인지 아닌지를 알 수 있다. 이능력자는 눈에 마력을 지니고 있기 때문이다.

이건 모든 술식이 눈을 기점으로 발동하는 이유이기도 하다.

그런데 오늘 아침, 나는 신기한 남학생과 마주쳤다.

그 남학생은 몸에 미약한 마력⋯⋯이라고 할까, 잘 모르는 오라를 띠고 있었는데, 이상하게도 나는 그의 눈동자에서 전혀 마력을 찾을 수 없었다.

적인지 어떤지 정체 모를 수상한 사람을 그냥 놔둘 수는 없지만, 그렇다고 해도, 어느 편인지도 모르는데 다짜고짜 공격할 수도 없는 노릇이었기에 나는 먼저 그에게서 정보를 캐내기로 했다.

그리고 그날 저녁 8시 30분.

나는 만반의 준비를 하고 내 방에서 때를 기다리고 있었다.

전통 양식으로 지어진 20평 남짓의 방이다.

이윽고—— 문자가 도착했다.

나는 곧장 신체능력 강화 술식과 반사신경 강화 술식을 사용하여 엄청난 속도로 문자를 작성하면서 동시에 전자 식신을 투입했다.

전자 식신이란, 말 그대로 디지털 시대에 대응할 수 있게끔 개조한 새로운 식신이다.

주로 일반인을 상대로 한 정보를 모을 때 사용하는데, 상대에게 달라붙어 주변을 맴돌며 정보를 전달하는 방식이다.

"문자에 식신을 첨부하여 송신."

그리고 나는 경악을 금치 못했다.

"식신이 소멸했어?!"

정찰용이라고 해도 아베노 가의 식신이라고?!

웬만한 방어 술식은 통하지도 않는데, 그걸 순식간에?

"역시 평범한 고등학생은 아닌 모양이네."

아침에 보인 모습은 전부 연기였던 모양이다.

아직 이쪽 세계의 주민이 아니라고, 어둠의 세계를 모르는 일반인이 천연 이능력을 가지고 있을 뿐이라고 생각했는데, 내가 너무 물렀다.

그게 어떤 식신이었든, 내 식신을 순식간에 없앴다면── 그는 터무니없는 실력자다.

나는 서랍장에서 부적을 꺼내 곧바로 다다미에 다섯 장을 늘어놓아 오망성을 만들었다.

후후, 완벽해.

"이번엔 진심이야."

이번에는 정찰용 식신이 아니라 공격용 상급 식신을 보내기로 했다.

나는 그에게 메시지가 오자마자 재빨리 답장을 작성하여 식신과 함께 보냈다.

그리고──.

──또 소멸했어?!

예상치 못한 사태에 나는 크게 당황했다.

내가 만든 상급 식신마저 순식간에……! 그것도 마치 불에 뛰어드는 벌레마냥……!

우리 가문의 당주님이라도 할 수 있을지 어떨지 모를, 압도적인 실력이었다.

이게…… 이게 무슨…….

"아, 안 돼…… 술사의 차원이 달라……!"

그때 그에게서 답장이 왔다.

『오늘 아침, 친구가 되고 싶다고 말했었죠? 저는 순수하게 선배와 친해지고 싶습니다. 너무 자세히 파고들면…… 이쪽에도 생각이 있다고요? 이제 그만하시죠!』

나는 크게 반성했다.

상대의 실력도 알지도 못하면서 멋대로 얕본 끝에 대뜸 식신을 보내놓고 이 꼴이라니…… 이 얼마나 어리석은 짓이란 말인가!

그러다 문득, 그의 답장이 아까와는 뉘앙스가 다르다는 사실을 깨닫고 깜짝 놀랐다.

아무래도 나는…… 이 실력자의 역린을 건드린 모양이다.

『이쪽에도 생각이 있다고요?』

대체 뭘 어쩔 생각이지…….

보복을 생각하고 있다면 나 혼자서 대응하는 건 불가능하다. 자칫하면 아베노 본가에 조력을 요청해야 할지도 모른다.

앞으로의 일을 생각하자 나의 머리에서 핏기가 가셨다.

그리고—— 창백해진 얼굴로 힘이 풀린 나는 그 자리에 주저앉았다.

사이드: 모리시타 다이키

다음 날 아침.

나는 우울한 기분으로 학교를 향해 걸어갔다.

"아베노 선배에게 미움을 사고 말았어……."

나의 인생 3대 목표 중 하나인 무녀 미팅.

어제까지는 실현할 수 있을 것 같았는데, 지금은 달보다도 멀게 느껴졌다.

내가 눈물이 흐르지 않도록 하늘을 올려다보며 걸어가고 있는 데…… 웬 고양이의 울음소리가 들렸다.

돌아보니 상자에 새끼고양이가 버려져 있었다.

아무래도 배가 고픈 모양이었다.

"할 수 없지."

나는 가방에서 점심때 먹으려고 산 500mL 우유를 꺼냈다.

빵만 먹으면 입안이 단맛이 남겠지만 뭐, 어쩔 수 없지.

내가 우유팩을 뜯어서 상자 근처에 놓자, 고양이가 우유팩으로 다가가 우유를 마시기 시작했다.

그때 누군가의 목소리가 들렸다.

"안녕. 모리시타."

"아…… 아베노 선배."

"어제는 미안했어. 네가 그렇게 대단한 인물일 줄이야── 솔직히 얕잡아봤어."

아무래도 고양이에게 먹이를 주는 모습을 본 모양이다.

하지만 그래도 이걸 가지고 대단한 인물이라니, 너무 거창한데…….

"아니, 저야말로 죄송합니다. 조금 지나쳤다고나 할까……."

"그래, 맞아."

아베노 선배가 눈을 내리깔았다.

느닷없이 화를 낸 꼴이나 마찬가지였으니까……. 나도 크게 반성했다.

"네, 정말로 잘못했습니다."

"그래서, 너…… 어쩔 셈이야?"

"저는 선배를 더 많이…… 알고 싶습니다. 저는 진심으로 선배와 친해지고 싶거든요. 친구가…… 되고 싶습니다."

"어째서?"

"선배 같은 사람이…… 제 주위에는 없거든요."

무녀 미팅을 위한 중요 인물이니까.

애초에 이런 미인과 접점이 생기는 것도…… 이게 인생 마지막 기회일지도 모른다.

"그 말이 진심인지 아닌지── 진짜 확인한다?"

말과 동시에 선배가 나의 얼굴을 양손으로 붙잡았다.

그리고 자신의 이마를 나의 이마에 문질렀다.

그보다…… 코끝과 코끝이 닿는 게, 약간 사고가 일어나면 입술마저 닿을 것만 같았다.

우와…… 선배의 콧김이 내 입술에 닿잖아…… 큰일이네…… 너무…… 행복……하다.

[스킬: 정신장벽(극소)이 발동—— 되지 않았습니다.]

왜 지금 스킬이?

그런 생각을 하는 사이에 나에게서 얼굴을 뗀 선배가 훗 하고 김이 샌 듯이 웃었다.

"과연. 정말 나와 친구가 되고 싶을 뿐……이구나."

"어제부터 그렇게 말했잖아요."

잠깐 선배는 무언가를 생각하고 나를 바라보며 물었다.

"너…… 천연이야?"

"아마도요?"

그러고 보니 공주님이며 대마법사에게 종종 천연이라는 말을 들었다. 참고로 여동생에게는 변태라는 말을 자주 듣는다.

뭐, 그건 그렇고 선배가 살짝 고개를 끄덕이고 이렇게 말했다.

"알겠어. 긍정적으로 생각해볼게."

"긍정적으로요?"

"이제 너와 나는 대등한 관계야. 친구니까 당연히 그래야겠지?"

"그건 상관없습니다만…….."

학교 서열 최상위인 아베노 카구야 선배가…… 나에게 맞춰주

겠단 말인가!

어제 나더러 쓰레기만도 못한 걸레 놈이라고 불렀는데, 실은 정말 좋은 사람인 모양이다.

"오늘 하루를 시험 기간으로 삼자. 괜찮다 싶으면 메시지를 주고받는 사이 정도로 시작하는 게 어때? 그때는── 내 비밀을 가르쳐줄게. 아마 앞으로 필요할 테니까."

"잘 부탁드리겠습니다!"

바라 마지않는 제안이다.

사실상 어제 이미 포기 상태나 마찬가지였기 때문에 오히려 행운이었다.

그나저나 비밀이라니, 뭐지?

"나는 지금부터…… 너를 솔직하게 대하겠어. 규칙은 간단해. 오늘 하루 네가 나의 기분을 상하게 하지 않으면 돼. 물론 내가 너의 기분을 상하게 하면 거기서 끝내도 좋아……. 그럼 나중에 보자. 모리시타."

선배는 뒤를 향해 손을 흔들며 학교를 향해 가버렸다.

나는 그 자리에서 소리를 치고 싶은 충동을 참으며 대신 승리 포즈를 취했다.

"뭔지 잘 모르겠지만, 달보다 멀었던 무녀 미팅이…… 다시 눈 앞까지 다가왔어!"

사이드: 아베노 카구야

하룻밤 생각한 끝에 도달한 결론은 솔직하게 사과하는 것이었다.

갑자기 식신을 날리는 건 사실상 선전포고나 다름없으니까.

하물며 그는 나보다 훨씬 뛰어난 실력자다. 문제가 일어나기 전에 항복하는 편이 상책이었다.

나는 아침부터 통학로에서 그를 기다리기로 했다.

"안녕, 모리시타."

"아…… 아베노 선배."

"어제는 미안했어. 네가 그렇게 대단한 인물일 줄이야── 솔직히 얕잡아봤어."

"아니, 저야말로 죄송합니다. 조금 지나쳤다고나 할까……."

"그래, 맞아."

정찰용 식신이 공격을 받았다는 정보조차 술사에게 송신하지 못하고 소멸했다.

정말 웃을 수 없는 일이다.

어른과 아이만큼 힘 차이가 나지 않으면 도저히 불가능하건만 그것을 또래에게 당하고 말았다.

나이에 비해 실력이 있는 천재라고 불리며 우쭐했던 과거가 너무 한심하게 느껴져 눈을 내리깔았다.

"네, 정말로 잘못했습니다."

"그런데 너…… 어쩔 셈이야?"

만약 나에게 적대적으로 나오면 어떻게 해야 할까? 교섭의 여지는 있을까?

교섭의 여지가 있다면, 나는 어느 정도 선물을 내밀 각오도 하고 있다. 이번에는 내가 잘못했으니까.

"저는 선배를 더 많이…… 알고 싶습니다. 저는 진심으로 선배와 친해지고 싶거든요. 친구가…… 되고 싶습니다."

무슨 말이지, 이건?

너무나 예상을 벗어난 반응에 나는 머릿속이 혼란스러웠다.

"어째서?"

"선배 같은 사람이…… 제 주위에는 없거든요."

나는 조금 생각하고 모리시타에게 물었다.

"그 말이 진심인지 아닌지── 진짜 확인한다?"

나는 정신 간섭 술식을 준비했다.

직전에 한 말이 거짓말인지 아닌지 알 수 있는 거짓말 탐지기 같은 술식이다.

나는 그의 머리 양옆을 잡고 이마와 이마를 마주 댔다.

그리고 결과에 놀라지 않을 수 없었다.

"과연. 정말 나와 친구가 되고 싶을 뿐……이구나."

"어제부터 그렇게 말했잖아요."

여러 가지로 어이가 없었다.

거짓말 탐지기 같은 술법이라고 말했지만, 사실 일반인에게 쓰더라도 내 실력으로는 시원스럽게 상대의 마음을 읽을 수가 없다.

하물며 상대가 실력자라면 말할 것도 없다.

하지만 방법이 전혀 없는 건 아니다.

──상대가 스스로 마음의 문을 열면 된다.

그때는 불완전한 나라도 마음을 읽을 수 있다.

하지만 마음의 문을 연다는 것은, 사람이 가진 최후의 정신 방어선을 일부러 치운다는 뜻.

만약 그 상태로 정신오염술식이라도 당했다간 완전히 끝장이다.

그만큼 위험한 행동이기 때문에── 설마 반쯤 장난으로 건 술식이 통할 줄은 상상도 못 했다.

아베노가의 사람에게 그냥 친구가 되고 싶다고 다가오는 이능력자가 있을 리 없으니까.

하지만 그는 대담하게 응했다.

왜 어제 처음 만난 나에게 이렇게까지 하는지 모르겠지만…….

──까지 생각한 나는 퍼뜩 깨달았다.

어제 이 사람을 처음 봤을 때 나는 천연의 이능력자일지도 모른다고 생각했다.

어떤 조직에도 속하지 않고, 아무 훈련도 받지 않았지만, 능력을 발동하는…… 영문도 모른 채 세계의 이면에서 뒤처지고 있는 그런 사람.

내 식신을 두 번이나 튕겨낼 정도의 실력이니 '그럴 리는 없겠구나' 하고 생각했지만.

어쩌면 진짜 천연일지도 모른다.

그리고 처음으로 이능력자를 만나, 정말 순수하게 친구가 되고 싶었다.

그렇다면 말이 된다.

"너…… 천연이야?"

"아마도요?"

역시 그랬나.

나도 그 기분은 잘 안다.

어둠의 세계에서 살아가는 나는, 가능한 일반인과 얽히지 않도록 하고 있었다.

그 탓에 학교에서도 항상 사람을 멀리하고 있어서 고고한 영애라는 말도 듣지만── 아무렇지도 않았다.

──다시 잃어버릴까…… 그게 더 두려웠으니까.

친구가, 일반인이었던 미사키가, 괴물에게 인질로 붙잡혀 끔찍하게 죽었던 과거를 되풀이하고 싶지 않았다.

혹시…… 아니, 틀림없이 모리시타도 나와 비슷한 경험을 한 적이 있겠지.

그렇기에 그 또한 마음을 허락할 수 있는 친구가 없는 거다.

──그래서 그는 친구를 찾고 있다.

이능력자…… 자신과 대등하게 설 수 있는 친구를.

그 마음은 나도 잘 안다.

나도 그러니까.

──나 또한 혼자 먹는 점심이…… 혼자 걷는 통학로가…… 항

상 혼자라는 게…… 괴로우니까.

나도 알고 지내는 이능력자는 있을지언정, 이능력자 친구는 없다.

동년배의 이능력자는 대부분은 다른 조직에 소속되어 있고, 형제자매며 사촌들도 후계자 싸움의 라이벌이기에 마음을 터놓을 수가 없었다.

도저히 친구를 만들 수 없기에── 나는 포기해버렸다.

하지만…….

천연 이능력자에…… 조직에 속하지 않은 이 사람이라면?

"알겠어. 긍정적으로 생각해볼게."

"긍정적으로요?"

"이제 너와 나는 대등한 관계야. 친구니까 당연히 그래야겠지?"

술자의 실력은 볼 것도 없이 그가 압도적으로 우수하다.

하지만 그런 걸 마음에 품고 있다간, 친구라고 한들 거북하기 짝이 없을 테니까.

"그건 상관없습니다만……."

"오늘 하루를 시험 기간으로 삼자. 괜찮다 싶으면 메시지를 주고받는 사이 정도로 시작하는 게 어때? 그때는── 내 비밀을 가르쳐줄게. 아마 앞으로 필요할 테니까."

친구가 되면 나에 대해 여러모로 알려줘야 하니까, 내 비밀을 모리시타에게 맡길 수 있을지 반드시 테스트해봐야 한다.

"잘 부탁드리겠습니다!"

"나는 지금부터…… 너를 솔직하게 대하겠어. 규칙은 간단해.

오늘 하루 네가 나의 기분을 상하게 하지 않으면 돼. 물론 내가 너의 기분을 상하게 하면 거기서 끝내도 좋아……. 그럼 나중에 보자. 모리시타."

사이드: 엑스트라

나의 이름은 야마다 코우지.
'아베노 카구야 비공식 팬클럽' 제32호 회원이다.
참고로 나는 카구야 님과 같은 반이라는 행운을 누리고 있다.
게다가 그녀의 자리를 기준으로 대각선 뒤, 다시 말해 그녀와 가까운 명당자리를 가지고 있다만── 오늘의 그녀는 상태가 좀 이상했다.
쉬는 시간마다 엄청난 기세로 휴대전화를 만지질 않나, 평소의 냉정한 매력은 어디로 갔는지 계속 히죽히죽 웃지를 않나, 아무튼 이상했다.
심지어──
"얼른 반응해! 반응하라고!"
"언제까지 기다리게 하는 거야! 벌써 20초나 지났잖아!"
"반응…… 반응…… 반응……!"
"얼른…… 얼른…… 얼른!"
──이따금 중얼거리는 것이, '얼른 반응하란 말이야!'라던가,

'어서 움직여!' 등, 마치 느려터진 컴퓨터를 쓰는 것 같은 혼잣말까지 하고 있었다.

그리고 나는 이날도 어김없이 혼자서 식사를 하던 카구야 님의 혼잣말을 놓치지 않았다.

"문자 친구란…… 좋은 거구나."

기쁜 표정을 짓는 그녀에게 무슨 일이 일어났는지…… 그때의 나는 알 수가 없었다.

사이드: 모리시타 다이키

안녕하세요, 접니다.

지금은 점심시간입니다만, 누군가…… 좀 도와주십시오!

현재 시각 12시 20분.

지금까지 아베노 선배에게 온 연락이 무려, **메시지 262건에 통화기록이 12건**에 달하고 있었다.

쉬는 시간마다──.

"하늘을 봐."

"비늘구름이."

"예쁘네."

"오늘 나의."

"도시락은."

"뭐라고 생각해?"

"지금부터."

"화장실에."

"다녀올게."

이런 식으로 진짜 쓸데없는 문자가 대부분이었다.

아니, 내용은 아무래도 좋다. 문제는 한 문장을 굳이 쪼개서 보내고 있다는 점이다.

이게 계속 보다 보면 짜증이 나는 게, 지금 내 〈받은 편지함〉은 아비규환이었다.

아니, 그래 뭐, 그것도 좋다고 치자. 그런데 이걸 1분 이내에 답장하지 않으면 곧바로 전화가 오는 건 너무 심하잖아!

심지어 전화를 받으면 말없이 뚝 끊고, 그 뒤로 다시 30초 이내에 답장을 보내지 않으면 또 말없이 전화가 걸려왔다.

물론 그러는 중에도 메시지는 계속 날아 온다.

참고로 하나같이 전부…… 놀랄 만큼 영양가가 없는 내용이었다.

"이쯤 되면 호러라고……."

'솔직하게 대하겠어'라고 하더니…… 설마 이것이 본성인가.

정말 캐릭터가 강렬하다.

무녀 미팅을 개최하기도 전에 내가 꺾일 것 같다.

[스킬: 정신내성(중)이 발동되었습니다.]

오오, 마음이 편안해진다.

그러고 보면 아베노 선배는 오늘 하루를 넘기면 뭔지는 몰라도 비밀을 가르쳐준다고 하지 않았던가. 그리고 나도 무녀 미팅을 아직 포기할 순 없다.

오늘 하루는 어떻게든 버텨보자.

내가 그렇게 다짐한 순간── 교실 뒤에서 목소리가 들렸다.

"밀크커피에 단팥빵을 어떻게 먹으라는 거야?! 입안이 온통 달잖아!"

고개를 돌려 교실 뒤쪽을 보니 레이라 사카구치가 소리치고 있었다.

역시 이쁜 얼굴이다. 흠잡을 곳 없는 완벽한 미형이다.

뭐, 그래봤자 가슴이 없으니 나는 관심 없다만.

"어서 설탕이 적은 커피를 사와! 3분 이내로!"

사카구치 자리 주변에는 남학생 다섯이 있었는데, 무릎을 꿇은 자세로 그녀를 둘러싸고 있었고, 나머지 한 명은…… 그녀의 발 받침이 되어있었다.

그렇다…… 발 받침이다.

발 받──아니, 마에다가 바닥에 엎드려 자신의 등으로 사카구치의 신발을 받치고 있었다.

중요한 건 녀석의 표정이었는데, 그런 상황에 마에다는 안경 너머로 묘하게 행복한 표정을──.

나는 이 참사를 못 본 척하고 스마트폰으로 시선을 되돌렸다.

이제 막 전학 온 참인데, 대체 그 짧은 기간에 뭘 했기에 이렇게 되었단 말인가. 이탈리아에서 자란 핀란드인 너무 대단한 거 아냐?

스마트폰 화면을 바라보고 있으니 다시 벨 소리가 울렸다. 아베노 선배였다.

전화를 받자마자 역시 아무 말 없이 끊어졌다.

눈앞에는 쉴 틈 없이 울어 대는 스마트폰.

뒤에는 반 친구를 발 받침으로 삼은 핀란드인.

"어쩌다 이렇게 됐지……."

나는 책상에 엎드렸다.

──그날 밤.

나는 아베노 선배의 **메시지 1619건, 전화 82건**이라는 고행을 이겨내고 하루의 끝을 맞이하려 하고 있었다.

현재 시각 23시 59분.

그리고…… 비밀을 알려주겠다는 자정이 되자, 아베노 선배로부터 칼같이 전화가 걸려왔다.

"여보세요, 모리시타입니다."

0.5초쯤 침묵이 흐르고 나서야 나는 안도할 수 있었다.

다행히도 이번엔 그냥 끊지 않았다…….

"말 안 해도 알아. 걸레 자식아."

입을 열자마자 첫 마디가 그거냐. 진짜 너무하다.

"그런데 아베노 선배. 비밀이란 게 뭐죠?"

"그 전에 축하한다는 말을 해도 될까?"

"축하라뇨……?"

"너 같은 놈이 나의 문자 친구로 인정되었어. 기뻐하도록 해……
합격이야."

아니, 정신내성 스킬이 있었으니 망정이지, 평범한 사람이었다
면 벌써 포기했을걸?

"합격……."

"그래, 합격이야. 그런데 알고 있어? 걸레 자식이란…… 썩은
내를 말하는 거야. 썩은 물 같은 냄새가 나니까— 그렇게 부르
는 거라고."

"무슨 말이 하고 싶은데요?"

"너는 냄새나는 썩은 물 같은 존재라는 거야."

품행방정한 아가씨라고 말한 사람 진짜 누구야?

실은 야한 농담도 아무렇지도 않게 하는 거 아냐?

"그래서…… 아베노 선배의 비밀이 뭐죠?"

"그래. 문자 친구가 되었으니 너한테도 말해야겠지. 있잖아, 모
리시타? 듣고 놀라지 마."

나는 꿀꺽 침을 삼켰다.

몹시 유감스러운 구석이 있지만, 그래도 고고한 영애라 불리는
학교의 마돈나인 그녀의 비밀을 알 기회이다.

"사실은 나——."

잠시 침묵이 흐르고.

그녀는 결심한 듯 숨을 들이켜더니 이렇게 말했다.

"친구가 없어."

그렇겠지!

말하지 않아도 알아!

애초에 이렇게 사회성 없는 사람은 처음 봤어! 독보적 일등이야! 내 인생의 첫 충격이라고!

"크흠, 그런데 말이죠, 선배? 선배가 아는 무녀들과 제가 아는 사람들을 불러 모아 식사 자리라도 만들어볼까 하는데, 혹시 시간 되는 사람이 있을까요?"

안타깝지만 이미 내 안의 아베노 선배는 유감스러운 인물이라는 인식이 생겨버렸다.

이제는 연애의 기대감조차 전혀 느껴지지 않았다.

이렇게 된 이상, 선배는 빨리 포기하고 무녀 미팅이나 계획하는 게 상책이다.

"무슨 소릴 하는 거지? 모리시타?"

"무슨 소리라니요?"

"나는 친구가 없다고 했잖아?"

"네, 그래서 아는 무녀라고 했잖아요? 식사 자리를 만드는데……모두가 꼭 친구일 필요는 없지 않습니까? 아는 사람 몇 명에게 그냥 연락을……."

"모리시타는 정말 말귀를 몰라 먹는구나. 17년을 살았지만——너만큼 우둔한 사람은 처음이구나."

나도 19년을 살았지만 너처럼 괴팍한 사람은 처음이야.

나는 마음속 감상을 숨기고 아베노 선배에게 물었다.

"……그게 무슨 뜻인데요?"

"그러니까…… 내 폰에는 가족이랑 네 번호밖에 없다고."

도움이 안 되잖아!

이 얼마나 쓸모없는 여자인가!

젠장…… 이거 망했는데.

이대로는 선배의 문자 폭격에 시달리는 미래가 기다리고 있을 뿐이다.

아베노 선배로부터…… 어떻게든 자연스럽게 거리를 둘 방법을 찾아야 한다!

"참고로 모리시타?"

"왜 그러시죠?"

"나는 태어나서 처음으로 문자 친구가 생겨서 굉장히 기뻐. 진짜로."

"하아, 그러십니까……. 그, 혹시나 해서 물어봅니다만……."

"……왜?"

"……혹시 제가 문자 친구를 그만두고 싶다고 말한다면 어떻게 되나요? 서로가 싫다고 생각하면 거기서 끝이라고 했던 거 같은데."

"시험 친구는 11시 59분에 끝났어. 이미 늦었다고. 해지는 인정할 수 없어."

"그래도 그만두고 싶다고 한다면?"

"죽인다."

죽인다니.

단 한 마디지만 심플 이즈 베스트라고 했던가.

이만큼 아베노 선배의 결의를 나타내는 단어는 또 없겠지.

결국, 나는 아무 대답도 할 수 없었다.

"…………."

"……배신하면…… 죽일 테니까."

"…………."

"…………."

"…………."

"……하하, 설마요! 제가 먼저 친구가 되고 싶다고 했는데 배신할 리가 없지 않습니까. 아하하."

"후후후. 하긴, 그렇겠지. 그럼…… 잘 자…… 모리시타."

"……안녕히 주무세요."

"아아, 맞다…… 지금, 내가 어디에 있다고 생각해?"

"네? 모르겠는데요."

"부엌이야…… 커다란 식칼을 고르려고 했는데, 헛걸음했네."

무서워…….

아니, 뭐 내가 거절의 뉘앙스를 풍겨서 그런 거겠지만, 아무리 그래도…….

"하하…… 농담이 심하시네요."

"그럼 잘 자…… 영원히."

마지막 말은 농담이야 진심이야 뭐야?

"하아……."

나는 전화를 끊고 천장을 올려다보며 십자성호를 그었다.

내가 생각한 것은 오직 하나였다.

──가장 큰 지뢰를…… 밟아버렸다.

이세계 귀환 용사가
현대최강!

제물 선정과 레벨링

그 뒤——.

아베노 선배와 협상 끝에 문자는 딱 필요한 만큼만 하고 통화는 하루에 한 번만 하기로 정했다.

대단히 불만스러운 듯했으나 "문자 친구에서 진짜 친구로 진화하기 일보 직전이에요"라고 말한 순간부터 묘하게 기분이 들떠 보였다.

내가 '어서 아베노 선배로부터 도망쳐 벗어나야……' 같은 생각을 하며 집으로 돌아가던 도중.

또 익숙한 뒤통수를 발견했다.

"……레이라 사카구치?"

나보다 앞서가던 그녀는 누군가와 통화 중인 듯했다.

이내 곧 사카구치는 통화 중인 채로 길을 벗어나더니, 그대로 공터로 들어가버렸다.

평소라면 그냥 무시하고 지나쳤겠지만.

전학 며칠 만에 남학생들을 노예로 만든 저 핀란드인에게 나는 호기심이 끓고 있었다.

열 살에 대학원을 졸업했는데 굳이 고등학교에 전학 온 것부터, 피의 8분의 1이 일본인이라는 이유만으로 "덕분에 일본어도 능숙하죠"라고 어이없는 설정을 꺼내는 것까지…… 여러모로 지적할 곳이 가득한 인물이다. 호기심이 끊지 않는 게 이상한 거다.

그녀가 들어간 공터는 마치 도라○몽에 나올 법한 곳이었다.

풀이 무성하고 토관이 세 개 있는…… 딱 그런 공터.

나는 건물 뒤에서 사카구치의 모습을 살폈다.

토관 위에 걸터앉은 그녀는 약간 신경질이 난 표정이었다.

아무래도 남에게 들려주고 싶지 않은 통화인가보다.

공터는 시야가 트여 있었으므로 평범한 사람이 사카구치에게 들키지 않고 엿듣기는 불가능했다.

[스킬: 청력 증폭이 발동되었습니다.]

오랜만에 신의 목소리가 제대로 일을 해주었다.

20m쯤 떨어져 있어도 이 스킬을 사용하면 아주 잘 들린다.

자, 대체 무슨 이야기를 하고 있을까…….

"——문제없이 일본의 하이스쿨에 잠입했어."

잠입이라고? 평범한 전학생이 아니었다는 말인가?

사카구치의 정체가 궁금해진 나는 이대로 숨어서 통화 내용을 계속 엿듣기로 했다.

"아무래도 일본의 퇴마 조직은 우리에게 협력할 마음이 없는 모양이야. 적대할 생각은 없어 보이지만, 그렇다고 우호적인 것도 아냐……."

퇴마 조직?

이 이탈리아산 핀란드인은 무슨 말을 하는 거지?

"응. 일부러 전학까지 해가며 현지에 파고들라고 할 정도면……

그만큼 내 힘이 필요하다는 뜻 아냐?"

글렀다. 뭔 소린지 전혀 모르겠다.

퇴마 조직이 대체 뭐야? 설마…… 마물을 쫓는 그거?

진짜 퇴마 조직이라고?!

아니, 하지만 그렇게 생각하면 여러모로 앞뒤가 맞는다. 그때도, 그리고 그때도…… 과연, 그런 거였나.

"……다시 한번 묻겠는데, 그게 정말 바티칸의 명령이야? 명령 이라면 따를 수밖에 없지만……."

역시나.

이탈리아에서 자랐으니 반드시 '바티칸'이나 '성교회' 같은 가톨릭 계열이 나올 거라고 생각했다.

그래, 틀림없다.

이 녀석은, 레이라 사카구치는——.

중2병이다!

애니메이션의 영향력이 이 정도 일 줄은…….

설마 해외에서 중2병 환자를 만들어낼 줄은 생각도 못 했다. 통화 상대도 중2병 네트워크의 동료일까?

이거는 그거지? 흉내……라고 할까, 그런 설정을 전제로 대화를 즐기는 놀이?

그런 게 뭐가 재미있는지 나는 통 모르겠지만…….

"녀석들이 그만큼 다급해졌다고?"

아무래도 사카구치 **세계**에서는 여러모로 일이 긴박한 모양이다.

완전히 몰입 중인지, 그녀의 이마에서 한 줄기 땀이 흘러내렸다.

얼굴도 예쁘고 하니 배우를 하면 잘되지 않을까?

"그래, 알겠어—— **그것이 세계의 뜻이구나.**"

우오오!

세계의 뜻이라니!

너무, 너무 창피하다…… 내가 다 부끄러워……!

이러다 몇 년 뒤에 너무 창피해서 베개에 얼굴을 묻고 다리를 파닥거리게 될걸!

"응, 응, 알겠어…… 하지만 설마…… 중립을 유지하던 **미국이 우리를 적대**하다니……."

아니, 이거 대단한데!

어느 세계의 미국인지는 모르지만, 사카구치가 소속된 조직이 굉장해!

미국과 적대라니!

USA! USA! USA!

"알겠어. 크루세이더(십자군)는 아직 움직이지 않는다고 생각해도 되겠네?"

크루세이더!

이럴 수가! 진짜 중2병 단어가 줄줄이 쏟아지잖아!

"응. 그래. 좀 석연치 않은 구석이 있지만, 교황님에게 성유물을 맡은 마장천사(魔装天使)──도미니온즈로서⋯⋯ 임무는 확실하게 할 거야."

그 말에 나는 결국 고꾸라질 뻔했다.

성유물에 마장천사까지 나오다니⋯⋯ 심지어 도미니온즈?

와⋯⋯ 이 녀석, 거물이다.

부모님이 힘드시겠네──.

──라고 생각하지만, 구경하는 사람은 정말 재미있다.

나는 이런 사차원 같은 사람을 좋아한다고.

"모든 것은 주의 뜻에 따라⋯⋯."

그렇게 그녀는 통화를 마치고 가슴 앞으로 성호를 그었다.

그때 사카구치에게 다가가는 한 사람이 있었다.

"어라? 레이라 사카구치? 오늘 밤은 만월인데── 도미니온즈인 네가 이런 곳에서 놀고 있어도 돼?"

"그건 너도 마찬가지잖아?"

나는 무심코 숨어 있던 곳에서 몸을 더 내밀었다.

흥미롭게도 사카구치의 부끄러운 설정에 맞춰주는 새로운 중2병이 나타났기에 때문이다.

그리고 새로운 중2병은 바로── 뭣이?!

여러분, 충격적인 소식입니다! 무려 아베노 카구야였습니다!

브루투스, 너마저! 아니, 대체 뭐야, 아베노 선배⋯⋯. 올해 열여덟 살 아냐? 저 나이를 먹도록⋯⋯.

아베노 선배는 표정을 보아 사카구치를 도발할 생각이 만만하다는 걸 알 수 있었다. 사카구치도 지지 않고 아베노 선배를 노려보고 있었다.

"그럼 오늘 밤은 누가 더 많이 사냥하는지…… 승부를 낼까?"

"미안하지만 오늘은 11시 20분까지 들어가야 해."

그렇겠지……. 아베노 선배는 11시 30분부터 나와 전화를 하기로 되어있으니까.

나는 골치가 아팠다.

안 그래도 괴팍한 아베노 선배가…… 중2병까지 앓고 있었을 줄이야…….

나는 힘없이 집으로 돌아갔다.

그날 밤, 11시 30분.

약속에 따라, 오늘은 내가 아베노 선배에게 전화를 걸었다.

"선배, 레이라 사카구치에 대해 뭐 좀 알고 있어요?"

"걔랑 만났니?"

"그건 아닌데, 일단 알아두는 편이 좋을 것 같아서요."

흥미로운 관찰대상이니까 말이지.

보고 있으면 재미있을 것 같고.

"으음…… 실은 레이라 사카구치의 비밀을 알고 있어."

"비밀?"

"그래. 네가 다른 사람한테 말 안 한다고 약속하면 가르쳐줄게."

"말 안 할게요."

"알겠어. 레이라 사카구치…… 그녀는 사실——."

잠시 침묵이 흐르고.

그녀는 결심한 듯 숨을 들이켜더니 이렇게 말했다.

"친구가 없어."

"그렇겠지!"

이날도 평소대로 통학로를 걸어 교실에 도착한 나는, 교실에 들어서자마자 평소 같지 않은 광경을 발견했다.

무려, 사카구치가 안대도 모자라, 오른손에 붕대를 감고 있었다.

그러고 보니 어제 만월이니, 사냥이니 하는 소리를 했었던가.

아무래도 그 설정의 세계에서 무언가와 싸우다가 다친(설정) 모양이다.

나는 한숨이 절로 나왔다.

——우와…… 저 녀석 진짜 중2병이 심하구나…….

안대도 모자라 붕대라니…… 설정에 너무 충실한 거 아냐?

자세히 보니 그녀가 어두운 얼굴로 무언가를 중얼거리고 있었다.

[스킬: 청력 증폭이 발동되었습니다.]

"설마…… 흙거미 같은 거물이 나올 줄이야…… 예상보다도 혼돈의 침식이……."

아무래도 그녀는 어젯밤 요괴와 싸운 설정인 듯하다.

나는 자리에 앉아 다시 한숨을 내쉬었다.

그날 저녁.

놀랍게도 사카구치는 어느샌가 안대와 붕대를 벗고 있었다.

나는 '정성을 들인 것 치고는 너무 빨리 질리는 거 아니냐' 같은 생각을 하며 하굣길에 올랐다.

걸어가다 보니 삼림공원이 눈에 들어왔다.

얼마 전에 입 찢어진 여자를 날려버린 공원으로—— 그러고 보니 어릴 때는 괴물이 나온다고 소문이 있었던가.

이전까지는 요괴와 단 한 번도 마주친 적이 없었기 때문에 전혀 믿지 않았는데.

설마 이세계에서 판타지를 경험했기 때문에 보이기 시작한 건가?

그때, 대뜸 신의 목소리가 들려왔다.

[스킬: 위험탐지가 발동되었습니다.]

위험탐지라고?

나는 재빨리 위험탐지 스킬이 가리킨 왼쪽 뒤를 돌아보았다.

"거미……?"

엄청나게 커다란 거미였다.

다리 길이까지 합치면 10m는 가볍게 넘지 않을까?

몸 크기는 약 60cm, 몸길이는 대충 1m 정도 돼 보였다.

어? 가만, 낮에 사카구치가…… 흙거미가 어쩌고 하지 않았던가?

그러고 보니 아베노 선배와 처음 문자를 주고받았을 때도 주살

내성 스킬이 발동했었고…….

어? 이거 설마, 전부……? 하고 생각하던 그때——.

——다짜고짜 흙거미가 나를 습격했다.

사이드: 아베노 카구야

어제 사냥을 하던 도중 흙거미가 나타났다는 보고가 있었다.

언니와 사촌 언니들은 곧장 전투를 포기하고 흩어져 퇴각하였으며, 레이라 사카구치가 홀로 남아 저항한 끝에 중상을 입은 모양이었다.

다만 마장천사 도미니온즈는 신의 가호 덕분에 자연 치유속도가 매우 빠르다. 살아만 있으면 어떤 중상이라도 48시간 이내에 낫는다고 하니 레이라 사카구치도 괜찮을 거다.

"혼돈의 진행이 빨라."

상황이 별로 좋지 않았다.

이 지역에는 오랜 옛날, '금기의 요괴'라 불리는 대요괴가 나타나, 차마 쓰러트리지 못하고 이 땅에 봉인했다는 전설이 있다. 그런데 그 대요괴—— 아니, 신이라고 불러도 부족하지 않을 강력한 영적 존재가 최근 들어 부활의 조짐을 보이기 시작했다.

그 여파로 이 지역의 하급령들이 활발하게 움직이기 시작했고, '입 찢어진 여자'나 '테케테케' 같은 도시 전설 속 요괴들이 쏟아져 나오는 이상 사태가 발생했다.

이런 하급령 따위는 내 실력으로도 얼마든지 퇴치할 수 있으나, 문제는 대요괴였다.

그 옛날에도 퇴치하지 못해 결국 봉인하지 않았던가.

그렇다. 인간이 대처할 수 없기에——신이라고 불리는 것이다.

그렇기에 인간은 부활이 다가올 때마다 제사를 지내 재앙신을 달래고, 무녀를 산 제물로 바쳐, 정중히 다시 잠들기를 기도하였다.

그것이 오랫동안 이어져 내려온 전통이며, 또한 나의——아베노 가문의 역할이기도 했다.

이같이 요마(妖魔)가 활개 치고 다니는 현상을 옛 문헌에는 '백귀야행'이라 기록했다.

재물은 그 지역을 담당하는 가문, 그러니까 이번은 아베노 가문에서 산 제물이 될 무녀를 뽑아야 하는데, 어차피 죽을 운명이기 때문에 일족 중에서 가장 퇴마 실력이 뒤떨어지는 고르는 것이 전통이었다.

그리고 최근, 아베노 가 사람들이 밤마다 사냥을 나가는 이유가 그 산 제물의 선정 때문이었다. 도중에 성교회가 끼어든 건 예상 밖의 사태였지만.

성교회는 요마의 학살을 지상과제로 삼는 조직이다.

어차피 끼어들 거였으면 대요괴까지 처리했으면 좋았을 것을.

성교회가 전력을 다한다면 불가능한 이야기도 아닐 거다.

뭐, 아베노 본가라고 못할 리는 없겠지만, 그랬다간 도저히 남아나질 않을 테니까.

말단 조직의 무녀 하나를 버리는 게, 실력 있는 퇴마사들을 잃는 것보다 싸게 먹힌다는 계산이다. 뻔한 이야기다.

그런 연유로 아베노 가의 무녀들은 백귀야행을 무대로 요마의 토벌 숫자를 겨루는…… 처참한 생존 경쟁을 펼치고 있었다.

그리고 나 아베노 카구야는―― 그중에서 꼴찌를 달리고 있었다.

재물 후보 다섯 중, 내가 가장 나이가 어렸고, 경험도 가장 부족했다.

재능만은 언니와 사촌 언니들에게도 뒤지지 않는다고 생각하지만, ……그래도 경험의 차이를 메꿀 수는 없었다.

이대로는 틀림없이 내가 산 제물 신세가 될 것이다.

아니, 실제로도 그렇겠지.

나는 사실상 포기한 상태였다.

그렇기에 어제, 사냥 중간에 돌아간다는 말도 안 되는 선택을 한 것이다.

그에게 여러모로 폐를 끼치고 있지만, 평범한 청춘이라는 것을 조금이라도…… 잠깐이라도 해보고 싶었다.

해 질 녘의 하굣길.

레이라 사카구치가 멀쩡히 돌아다니는 모습을 멀리서 본 나는 쓴웃음을 지었다.

내장이 보일 만큼 큰 부상이라고 했는데 벌써 다 나은 모양이다.

나도 평범하진 않지만, 정말 괴물이구나…….

내가 레이라 사카구치의 괴물 같은 회복력에 감탄하며 삼림공원에 들어선 순간, 퇴마사의 감이 경보를 울렸다.

——요마의 기척?!

나는 기척의 주인을 찾아 급하게 주변을 둘러보다가, 흙거미와 대치 중인 모리시타를 발견했다.

흙거미는 본가에서 토벌대를 짜 상대해야 할 만큼 강력한 요마다.

어제도 언니들을 퇴각하게 만들고, 아베노가 당주급 실력을 자랑하는 레이라 사카구치마저 중상을 당한 괴물이다.

아무리 모리시타가 뛰어난 실력을 지녔다고 한들, 도저히 혼자 상대할 수 있는 상대가 아니었다.

나는 곧장 가방을 내던지고 주머니에서 부적 한 다발을 꺼냈다.

이기진 못해도 나와 모리시타가 도망칠 시간은 벌 수 있을……거다.

내가 각오를 굳히고 모리시타에게 달려가려던 순간——

——쿵.

모리시타가 가볍게 휘두른 어퍼컷 한 방으로 흙거미가 박살 나 허공으로 흩어졌다.

살점이 비처럼 뚝뚝 쏟아지는 가운데, 날 발견한 모리시타가 태연한 얼굴로 인사했다.

"아! 아베노 선배! 안녕하세요."

"아……………."

놀란 나머지 다리에 힘이 풀리고 만 나는── 그 자리에 주저 앉았다.

그러자 모리시타가 나에게 손을 내밀며 이렇게 말했다.

"커피라도 마시러 갈까요. 서로 할 말이 많은 것 같으니."

그렇게──.

우리는 근처 카페에서 솔직한 대화를 나눴다.

뭐, 솔직이라 해도 산 제물 이야기는 덮었지만.

문자 친구가 되자마자 실은 목숨이 얼마 남지 않았다고 하기에 는…… 좀 그렇잖아?

나는 산 제물 이야기를 후계자 싸움이랍시고…… 친족끼리 싸 우느라 밤마다 요마의 토벌수를 경쟁하고 있다고 얼버무렸다.

한편 그의 이야기도 놀랄만한 것이었다.

진짜 농담이 아닌가 싶을 만큼.

하지만 내가 하는 퇴마니 요괴니 하는 것도 일반인이 보면 판 타지이므로…… 일단은 그냥 넘어가기로 했다.

사이드: 모리시타 다이키

나는 카페에서 아베노 선배와 커피를 마시고 있다.

그녀의 이야기를 들었을 때 '실화냐' 하는 생각이 먼저 들었다.

아니 그럴 수밖에 없다니까?

설마 내 고향의 이면에서 진짜 중2 월드가 펼쳐져 있을지 알았냐고…….

하지만 잘 생각해보면 나도 그 판타지에 들어가 있다. 내가 누굴 뭐라 하겠는가.

거기에 딱히 선배가 거짓말하는 것 같이 보이지는 않았기에 일단은 믿어보기로 했다.

"저기…… 아베노 선배?"

"왜?"

"그러니까 정리하자면…… 아까 그 거미가 그래 강한 괴물이란 거죠?"

"맞아."

흐음…….

나는 고개를 갸웃했다.

그 거미는 이세계에 놓고 봐도 기껏해야 '빅 스파이더' 수준이었다. 길드의 새내기 모험가라도 해 볼만한 마물이다.

베테랑 모험가라면 혼자서도 잡을 수 있다.

"아베노 선배? 선배의 스테이터스를 측정하고 싶습니다만……."

"스테이터스 측정?"

"네. 싫으면 싫다, 괜찮으면 괜찮다고 생각해주십시오. 단지 그것뿐입니다. 상대의 동의가 없으면 쓸 수 없는 스킬이거든요."

[스킬: 스테이터스 측정이 발동되었습니다.]

아베노 선배는 잠깐 눈을 크게 떴으나, 곧 작게 고개를 끄덕였다.
좋아, 스테이터스 열람 허가가 나왔다. 어디, 볼까.
직후 선배의 스테이터스가 나의 머릿속으로 흘러들어왔다.
참고로 나의 스테이터스는 이렇다.

이름: 다이키 모리시타
종족: 인간
직업: 용사
상태: 통상
레벨: 78
HP: 6455/6455
MP: 450/4850
공격력: 4650
방어력: 3209
마력: 2700
회피: 2824

그리고 이것이 이세계 사람 중 레벨1인 일반인의 스테이터스.
이름: 아무개
종족: 인간
직업: 마을사람
상태: 통상

레벨: 1

HP: 35/35

MP: 10/10

공격력: 35

방어력: 32

마력: 8

회피: 14

마지막으로 이것이 아베노 선배다.

이름: 카구야 아베노

종족: 인간

직업: 무녀

상태: 통상

레벨: 1

HP: 352/352

MP: 378/378

공격력: 280

방어력: 240

마력: 320

회피: 240

· 스킬

아베노류 퇴마 부적술(레벨3)

합기도(레벨2)

검술(레벨2)

신체능력 강화(레벨2)

반사신경 강화(레벨2)

Lv.1 치고는 상당한 스테이터스군.

이건 레벨 업 보너스가 아니라 훈련으로 쌓은 수치다.

그야말로 경이로운 수준의 노력이다만⋯⋯.

안타깝게도 스테이터스 값은 새내기 모험가보다 좀 나은 수준이다.

기껏해야 Lv.6~8 정도?

심지어 스킬도 상당히 빈약하다.

저쪽 세계에선 자기가 노력한 만큼 검술이니 마법이니 스킬 레벨을 올릴 수 있다.

그것도 결국은 보조수단이지만.

스킬도 마찬가지로 레벨 업 보너스로 올리는 게 가장 빠르다. 이세계에서는 상식이다.

"흠, 그러니까 선배 말은, 친척들에게 뒤처지지 않을 만큼 강해지고 싶다는 거죠?"

"행주 녀석에게 뒤처진다는 말을 듣다니⋯⋯ 내키질 않네. 사실이니 할 말 없지만."

"행주 녀석? 걸레 놈이 아니라?"

"너의 힘을 보고서 아주 약간 반했어. 걸레에서 행주로 승격시켜줄게. 기뻐해."

반했다고?!

이게 어딜 봐서 반한 태도냐!

뭐, 말투가 전보다 약간 귀여워진 것 같긴 한데⋯⋯.

"크흠, 아무튼 강해지고 싶다는 거잖아요? 유산 상속 싸움인지 후계자 싸움인지 모르겠지만, 그 요괴 토벌 대회에서 꼴찌 하면⋯⋯ 큰일 나는 거 아닌가요?"

"맞아. 네 말대로야. 이대로라면 큰일이 날 거야. 그야말로⋯⋯ 장난 아니게 심각한 일이 말이지."

나는 잠깐 어쩔지를 고민한 뒤 고개를 끄덕였다.

"그럼 선배, 학교 옥상으로 가시죠."

나는 점원을 불러 커피값을 계산했다.

"옥상? 어째서?"

"강해지고 싶다면서요?"

"뭘⋯⋯ 어쩌려고?"

"보아하니 이쪽 세계에서는 레벨과 경험치 개념이 없는 모양이더라고요."

그렇다. 그래서 아베노 선배의 레벨이 아직도 1인 거다.

기억을 돌이켜보면, 나도 입 찢어진 여자를 쓰러트렸을 때도, 방금 흙거미를 처치했을 때도⋯⋯ 아무런 경험치를 얻을 수 없었다.

이세계에서는 마물을 쓰러트리면 시체에서 빛의 입자가 흘러나와 쓰러트린 자의 심장으로 빨려 들어가는 시스템이 있었다.

그 빛은 마물의 영혼이 변한 것인데, 그 빛——영혼을 흡수하여…… 아니, 정확하게 말하자면 적의 영혼을 먹어 자신의 영혼을 강화하는 것이 레벨 업의 개념이다.

"레벨……? 경험치?"

즉 시스템이 작동하지 않는 이쪽의 괴물들은 아무리 쓰러트려봐야 이세계처럼 레벨이 오르지 않는다.

그렇기에 이세계에 있던 나는 상식을 초월한 힘을 가지고 있는 것이며, 그렇기에 아베노 선배가 밤낮으로 수련을 거듭했음에도 '평범한 레벨 1'보다 좀 나은 수준밖에 안 되는 것이다.

"맡겨주세요. 저한테 생각이 있거든요. 잘만 되면 지금보다 1.5배는 강해질 수 있을 겁니다. 그것도…… 몇 시간 만에."

오후 7시.

가게 밖은 이미 해가 지고, 대신 가로등과 달빛이 거리를 비추고 있었다.

나는 학교로 가는 길에 공터에 들러 주먹 크기의 돌을 주웠다.

"뭘 주운 거야?"

"신경 쓰지 않아도 돼요. 나중에 아실 테니까."

그때——.

[스킬: 은닉이 발동되었습니다.]
[스킬: 광학미채가 발동되었습니다.]
[스킬: 은밀한 걸음이 발동되었습니다.]
[스킬: 공간절단이 발동되었습니다.]

신의 목소리가 자동으로 스킬을 발동했다.

깜박하고 있었군.

이걸 혹여나 다른 사람이 보면 매우 곤란해지니까 말이지.

"이건…… 은밀술? 내 전문이 아니라 잘은 모르겠지만 상당히 고도의 술식이네."

"저도 딱히 전문은 아닙니다만."

그렇게 우리는 학교 옥상에 도착했다.

"아이템 박스."

윙 하는 효과음을 내며 아이템 박스가 갑자기 나타났다.

"그게…… 뭐야?"

"아이템 박스예요. 안쪽이 이공간이랑 연결되어 있어서 뭐든 넣을 수 있어요. 뭐, 무게로 따지면 몇 톤 정도 들어가니까 그냥 창고라고 생각하면……."

"그런 말도 안 되는…… 아니, 새삼 놀랄 것도 없나."

선배는 옥상의 펜스에 기대더니, 허리까지 내려오는 긴 머리카락을 어루만지며 말했다.

"그래서 뭘 꺼내려고?"

"비상식량으로 가뒀던 거요."

"가둬……?"

"네, 이 녀석은 잡자마자 먹어야 제맛이거든요."

나는 아이템 박스에서 오크를 꺼내 옥상 끝에 내던졌다.

신장 190cm, 체중 240kg.

그야말로 스모 선수를 잡아 늘인 것 같은 마물이다.

오크는 이쪽의 상황을 살피며 그 자리에 굳어 있다.

아베노 선배가 어안이 벙벙한 표정을 지었다.

"돼지 요마? 영압이 심상치 않은데?"

평범한 오크입니다만.

굳이 말하자면 오크보다 강한 오크 리더지만.

새내기 모험가가 혼자서 싸워도 이길 수 있는 상대다. 조금 아슬하겠지만.

"뭐, 일단 쓰러트려 주세요. 기적이 기다리고 있으니."

"……도저히 믿기지 않는데?"

"에이, 일단 해보면 안다니까요?"

"그렇게 말해도 말이지…… 이만한 상급 요마를 나 혼자서 상대하면 자칫 크게 다칠 수도 있다고?"

"여차할 때는 제가 끼어들 테니까 걱정하지 마세요. 대신, 정말 위험하다 싶을 때까지는 보고만 있을 겁니다. 선배가 혼자서 쓰러트려야 의미가 있거든요."

둘 이상이 싸울 때는 전투 공적에 따라 경험치가 쪼개진다.

내가 쓰러트리면 아무런 의미도 없다.

"……정말로 괜찮은 거 맞지? 믿어도 되는 거지?"

"아!"

선배 말에 비책이 떠오른 나는 손뼉을 쳤다.

"불안하면 이걸 쓰세요."

나는 아이템 박스에서 거미줄 타래를 꺼냈다.

"오크는 지능이 낮거든요. 이건 끈끈이 같은 거니까, 바닥에 깔아 놓으면 혼자 밟고 쓰러질 겁니다."

"그리고 일어서려고 손을 짚으면 손도 달라붙고, 풀려고 발버둥 칠수록 점점 더 달라붙는다고?"

"잘 아시네요. 녀석은 방어력이 높아서 선배가 정면으로 싸우면 진흙탕 싸움이 될 겁니다. 뒤통수가 살도 없고 뼈도 얇으니 거기를 노리세요. 오크의 약점입니다."

아베노 선배는 거미줄을 받을까 망설이더니 이내 고개를 저었다.

"안 쓰시게요?"

"행주 녀석에게 일일이 신세 질 순 없어. 너와 나는 문자 친구고, 친구란 대등해야 하는 법이니까."

아베노 선배는 주머니에서 부적 한 뭉치를 꺼내더니 그중 8장을 오크 리더를 향해 던졌다.

부적은 각각 오크 리더의 손발에 붙더니——.

"부적술: 망자의 가마."

바닥에서 무수한 손이 기어 나와 오크의 손발을 단단히 붙잡았다.

오크가 이를 떼어내려고 안간힘을 썼지만, 워낙 많아서 그런지 전혀 떼어내질 못하고 당황해 그저 손발을 휘두를 뿐이었다.

"화염술: 화조의 춤."

선배가 새로 던진 여섯 장의 부적이 불새가 되어 오크를 공격했다.

오크는 불을 두려워하므로 겁을 주기에는 충분했을 거다.

"오, 선배도 제법이네."

그 틈을 타 오크의 뒤로 조용히 돌아간 아베노 선배는 작은 칼을 뽑아 오크의 뒤통수를 깊숙이 찔렀다.

대체 그 칼은 어디에 숨기고 있던 겁니까, 선배?

뇌가 망가진 오크가 그 자리에 풀썩 쓰러졌다.

"실력이 대단하신데요?"

정말 능숙하다.

손발을 묶고 화염을 날리는 것까지 모두 미끼.

전부 뒤통수를 공격하기 위한 작전이었다.

"지금까지 처치한 하급 요괴만 해도 천을 훨씬 넘는다고. 아무리 못해도 초보 수준은 벗어났겠지."

기껏해야 새내기 모험가 정도일 거라 생각했는데, 전투 경험을 보니 좀 더 높게 쳐줘도 될 것 같다.

"하지만 이런 일로 정말 강해…… 앗…… 이건……?!"

오른손으로 심장을 누르며 선배가 눈을 크게 떴다.

좋아, 예상대로 경험치가 선배에게 들어간 모양이다.

"어때요?"

"……힘이 솟고…… 있어."

나도 모르게 웃음을 터뜨릴 뻔했다.

그렇다. 뭐라고 해야 할까, 레벨 업 하는 순간…… '우와아아 힘이 솟는다아아아아' 같은 느낌이 든다.

나도 이미 50번 넘게 경험을 했기에 잘 알고 있었다.

"선배? 스테이터스 측정을 해도 될까요?"

"……응."

이름: 카구야 아베노

종족: 인간

직업: 무녀

상태: 통상

레벨: 1→4

HP: 352/352→501/501

MP: 378/378→552/552

공격력: 280→407

방어력: 240→333

마력: 320→455

회피: 240→335

좋아, 레벨이 꽤 올랐다.

레벨이 낮을 때는 필요한 경험치도 적어 빠르게 성장한다.

게다가 자기보다 강한 적을 쓰러뜨리면 그만큼 얻는 경험치도 더 크다.

참고로 오크 리더는 레벨 9는 된다. 레벨 1의 완전 풋내기가 잡을 수 있는 게 아니다.

혼자 싸우면 자기 목숨이나 지킬 수 있을지 어떨지.

뭐, 그렇기에 단숨에 여기까지 레벨이 오른 거지만.

뭐, 아무튼 선배의 스테이터스는 약속한 대로 약 1.5배가 되었다.

사정은 잘 모르겠지만, 당장 힘이 필요했던 모양이니까.

인벤토리에 가둬둔 오크는 이게 전부이므로, 이걸로도 부족하다면 금단의 방법을 써야 했다. 그 사태만은 피해서 다행이다.

"자, 선배."

나는 오던 도중에 주운 주먹 크기의 돌을 선배에게 가볍게 던져서 건네주었다.

"돌?"

"선배는 평소에 술법으로 신체능력을 강화하고 있죠?"

강화 방식은 저쪽의 마법사들과 비슷하니까, 선배도 마찬가지로 강화를 자유로이 해제, 발동할 수 있을 거다.

나의 의도를 이해했는지 선배가 고개를 끄덕였다.

"어때요?"

"강화 없이는 평범한 고등학생 수준이어야 하는데…… 아니,

이미 퇴마사이니 평범하지는 않겠지만, 뭐라고 할까――."

선배는 나에게 건네받은 돌을 스티로폼처럼 으깨버리며 입가에 요염한 미소를 띠었다.

"――인간을 그만둔 기분이야."

그날 밤 11시 30분.

아베노 선배로부터 전화가 걸려왔다.

사실 말이 문자 친구지, 문자는 이제 거의 없었고, 대신 하루에 한 번. 이 시간에 강제 통화가 일상이 되어가고 있었다.

"안녕, 모리시타."

"안녕하세요……."

"갑작스럽지만, 물어볼 게 있는데."

"뭔데요?"

"이 스테이터스 창 말이야……."

스테이터스 창은 게임을 한 적이 있는 사람이라면 조금만 살펴봐도 그럭저럭 조작법을 다 알 수 있는 친절한 설계로 되어있다.

그래서 일부러 설명 없이 곧장 돌아왔건만…….

참고로 오늘 저녁은 카레였기 때문에 어떻게든 통금시간인 8시까지 돌아가야만 했다. 우리 엄마는 시간을 어기면 밥을 주지 않는 무서운 분이다.

어쨌든.

"뭐가 문제죠? 게임 해보신 적 없어요?"

"무슨, 오히려 고전게임을 좋아하는 게이머라고."

"그럼 뭘 모르는 거예요?"

"스킬 취득을 어찌해야 할지 잘 모르겠어."

"레벨 업이나 마물 토벌로 입수한 스킬 포인트를 분배하여 스킬을 얻거나 강화할 뿐인데요?"

"그게 아니야. 새로 얻을 스킬을 못 고르겠다는 의미지. 이런 건 정석이란 게 있잖아? 나는 효율 제일이라서."

아아, 그거였나.

스킬 포인트를 무한으로 얻는 게임은 그리 많지 않다. 뭐, 실제로도 무한은 아니다.

포인트 투자는 신중할 수밖에.

"색적 스킬은 어때요?"

"색적?"

"자세한 사정은 모르겠지만, 아베노 선배는 하급령이니 하급 요괴니 사냥하러 이따금 밤에 나서고 있잖아요?"

"그렇지."

"더구나 사냥한 숫자로 순위를 겨뤄서 후계자인지 유산인지 뭘 놓고 싸운다면, 사냥감을 빨리 찾을수록 유리하지 않겠어요? 뭐, 그렇지 않더라도 색적은 기본이라고 해도 될 만큼 여러모로 유용한 스킬이에요. 저도 있고."

실제로 자다가 습격을 당했을 때 위험탐지와 더불어 엄청난 힘을 발휘하는 스킬이다.

사실상 병용하는 스킬이다.

"알겠어. 그럼 색적을 취득하고, 나머지 스킬 포인트는 강화에 쓸게."

레벨이 하나 오를 때 얻을 수 있는 스킬 포인트는 10이다.

예를 들어 스킬 취득은 5포인트가, 1레벨 스킬을 강화하면 2포인트가, 2레벨 스킬을 강화하면 5포인트가 필요한 방식이다.

참고로 스킬 레벨이 5를 넘어가면 스킬 포인트 말고도 스킬 숙련도가 필요하다. 숙련도는 얼마나 자주 썼는지에 따른다.

뭐, 쉽게 말해서 5레벨부터는 쉽지 않다는 거다.

반대로 말하면 레벨5까지는 쉽다는 뜻이기도 하지만.

"스킬을 얻었는데…… 대단하네, 이거. 솔직히…… 어이없을 정도야."

"왜요?"

"……집 안의 상황 대부분이 눈앞에 바로 펼쳐지는 것처럼 알 수 있게 되었어."

"저는 2km 밖도 내다볼 수 있는데요."

"……이세계란 대단하네. 어머, 벌써 이런 시간. 나는 앞으로 스테이터스 창을 잠시 살펴보다 잘게. 그럼 잘 자──."

"잠깐만요, 선배."

"왜?"

"딱히 제가 보답을 기대하고 선배에게 여러 가지를 가르쳐주고, 오크를 제공한 것은 아니지만요……."

"무슨 말을 하고 싶은 거야?"

"한 마디쯤…… 뭐라도 해줄 수도 있는 것 아닙니까?"

나는 내가 남들과는 확연히 다르다는 사실은 되도록 남에게 알리고 싶지 않았다. 어떻게 될지 모르니까.

즉, 나는 군이 리스크를 알면서도 위험한 길을 가고 있었다.

중2 시계가 실존한다는 건 좀 충격이긴 했지만, 그래도 아베노 선배를 돕기 위해 여러 가지를 했다. 나로서는 진실을 덮고 적당히 얼버무렸어도 그만이었다.

그래도 결국 나는 선배를 도왔다. 그런데 돌아오는 게 걸레니, 행주니 하는 소리라니. 솔직히 이건 아니잖아?

이참에 확실히 말해야 하지 않을까?

그때 전화 너머에서 한숨이 들렸다.

"저기, 모리시타?"

"네?"

"나는 게임을 좋아해. 옛날에…… 운석 충돌로 멸망하기 직전의 행성을 돌아다니며 몬스터 같은 동물을 잡아 모으는 명작 게임이 있었거든. 시대 배경은 근미래였던가…… 아무튼 인간이 다른 별에 이주하게 되면서 별에 사는 동물들을 수컷과 암컷 한 쌍씩 모아 종족 보존을 하는…… 그런 설정이었을 거야."

"……그런데요?"

"총이 있긴 한데, 너무 강해서 동물이 죽어버리니까 사실상 쓸 수가 없는 설정이었어. 그래서 결국 육탄전을 벌일 수밖에 없는

데, 잡은 동물을 가공해서 무기를 만들거나, 먹거나, 혹은 마을에 팔기도 할 수 있었지. 희귀동물로 지정된 동물은 시장에 팔 수 없지만, 암시장에서는 당연한 듯 팔리고 있고, 그밖에도 동물의 배를 갈라서 내용물을 꺼낼 수도 있었어."

"상당히 암울한 게임이네요."

"맞아. 그래도 정말 재미있다고? 그리고 희귀동물은 수가 적으니까, 암컷과 수컷을 함께 맡기면 성욕을 자극하는 호르몬 주사를 놓아 강제 번식을 시키는 시설도 있었어. 계절이 돌아 번식에 성공하면 숫자가 꽤 늘어나고…… 그런 느낌이었지."

"……그래서요? 무슨 말을 하고 싶은 건데요?"

"초희귀 동물 중에…… 주인공의 옆집에 사는 친절한 아저씨와 아주머니 부부가 있는데, 사실은 인간으로 위장한 동물이거든. 게임 종반에 '어릴 때부터 알고 지낸 주인공에게라면 잡혀도 좋아. 데려가 줘'라며 자수해."

"감동적인(?) 이야기 아닙니까."

"맞아. 그리고…… 나는 그 부부에게 바로 **성욕을 자극하는 호르몬 주사를 놓고 강제 번식시키는 시설로 보냈어.** 망설임 따윈 없었지."

"진짜 너무하네!"

"그리고 계절이 지나…… 꽤…… 숫자가 늘었어."

"노부부 힘들었겠구만!"

"한마디로…… 나는 그런 여자야."

"무슨 여자라는 거야!"

"……솔직해지지 못하는 장난꾸러기라고."

"그 결과…… 노부부는 성욕을 이상 자극하는 호르몬 주사를 맞고 강제 번식시키는 시설로 보내졌다는 건가."

"그러니까…… 모리시타."

"네, 아베노 선배."

"솔직한 감사 인사를…… 나한테 기대하지 말란 뜻이야. 아, 맞다, 그리고 보니 이틀 뒤에 사냥이 있어서 모레는 전화할 수 없어. 하지만 안심해, 내일 이 시간에는 통화할 수 있으니까. 그럼 잘 자."

다음 날.

학교도 별일 없이 끝나, 오랜만에 평화로운 하루를 보낼 수 있었다.

집에 와서는 저녁을 먹고, 목욕을 한 다음, 거실에서 뉴스를 보며 꾸벅꾸벅 졸다가── 퍼뜩 눈을 뜨니 11시 50분이었다.

저도 모르게 "헉" 하고 외친 나는 급히 방으로 돌아가 충전기를 꼽아놓은 스마트폰을 확인했다.

"윽, 역시 이렇게 됐나. 큰일 났군."

나는 창백한 얼굴로 착신 이력을 확인했다.

──착신 184, 부재중 메시지 3.

일단 부재중 메시지부터 들어보기로 했다.

『여보세요? 나…… 카구야. 지금 상점가를 걷고 있어.』

이어서 다음 메시지를 들었다.

『여보세요? 나…… 카구야. 지금 삼림공원을 걷고 있어.』

이어서 다음 메시지를 들었다.

『여보세요? 나…… 카구야. 지금 역 앞의 파출소를 지나고 있어.』

잠깐, 이 경로는……!

트, 틀림없다! 우리 집으로 찾아오고 있다! 이거 완전 호러잖아!

그때 휴대전화가 울렸다.

나는 현관으로 향하며 전화를 받았다.

『여보세요, 나…… 카구야. 지금 너희 집 앞에 있어.』

전화를 끊고 나는 현관문을 열었다.

"왜…… 여기까지 온 겁니까?"

울상이던 아베노 선배는…… 콧물을 줄줄 흘리며 코맹맹이 소리로 대답했다.

"그, 그, 그야…… 전화를 안 받았으니까!"

그렇게 나는 근처 공원으로 끌려가 30분 동안 아베노 선배에게 설교를 들었다.

왜 설교를 들어야 했는지 나도 잘 모르겠다.

그보다 무슨 일이 일어나고 있는지 솔직히 영문을 알 수 없었다.

[스킬: 정신공격무효가 발동되었습니다.]

솔직히 신의 목소리가 없었다면 나는 그 자리에서 미쳐버렸을지도 모른다.

그나저나 무효 스킬이라니…… 이거 정말 위험할 때만 발동한다고?

나의 마음은 정말로 위태로웠던 모양이다.

뭐, 무효 스킬 덕분에 대미지는 전혀 없었지만.

──이튿날.

여느 때처럼 등교하던 나에게 사카구치가 말을 걸었다. 그녀 옆에는 각각 그녀의 가방과 양산을 들고 있는 남학생 둘이 있었다.

"거기, 너! 아베노 카구야와 무슨 사이야?"

"너야말로, 왜 타나카가 네 가방을 들고 있는 거냐? 왜 세키구치가 너에게 양산을 씌워주고 있는 건데?"

나의 질문에 금발 벽안 트윈 테일 소녀(A컵 추정)가…… 거의 평평한 가슴을 당당하게 내밀며 대답했다.

"이 녀석들은 나의 노예야."

"노예?"

"하루에 한 번 뺨을 때려주는 대신, 매일 날 위해 심부름을 시키고 있어. 참고로 나의 마음이 내키면 밟아주기도 해."

"미안, 네가 무슨 말을 하는지 전혀 모르겠어."

그러고 보니 전에 누군가가 발 받침이 되어있었지.

나는 타나카와 세키구치를 쳐다봤다.

"너희는 그러는 게 좋아?"

""우리에게는 포상이니까!""

지극히 행복한 표정이었다. 뭐, 자기가 행복하면 됐지.

"아무튼, 무슨 사이냐고!"

"으음……."

나는 대답을 어찌할지 고민했다.

그리고 평범한 대답을 내놓았다.

"문자 친구라고나 할까?"

어찌 달리 설명할 수도 없잖아?

"그럼 카구야와 그리 친하진 않은 거네?"

"뭐, 그렇지."

애초에 알게 된 지 며칠밖에 안 됐으니.

그러자 사카구치가 평탄한 가슴을 펴고 오른손 검지로 나를 척 가리켰다.

"그럴 리가 없어!"

자신만만한 표정에 나는 조금 당황했다.

"어째서?"

"어제 내가…… 아베노 카구야와 얘기했거든! 참고로 나와 아베노 카구야는 사이가 나빠!"

"진짜 아~무래도 좋은 정보, 고맙다."

뭐, 전에 봤을 때 사카구치가 아베노 선배에게 손가락 욕을 날리고 있었고.

선배의 이야기로는, 그녀는 해외의 퇴마 조직 소속인데, 아무래도 그 조직이 각국의 퇴마 조직에 미움을 사고 있는 모양이다.

무턱대고 토벌한다는 명목으로 세계 각국에 멋대로 퇴마사를 파견하여 현지의 파워 밸런스 등을 고려하지 않고 마구 사냥한다나 뭐라나.

그리고 어느 정도 퇴마가 끝나면 웃으면서 작별을 고하고 떠난다고 한다.

현지의 조직은 각자의 방침이 있기 마련이다. 중립을 지키는 요괴도 있으니까.

하지만 저들은 이를 무시하고, 실컷 현지를 어지럽히다가 뒤처리도 하지 않고 돌아간다는 모양이다.

뭐, 한 마디로 이기주의가 극에 달한 무리라는 뜻인데…….

남학생을 다루는 사카구치의 무례한 행동을 보면 아베노 선배가 한 말이 맞는 것 같다.

"아무래도 좋은 정보라니…… 뭐야 그 말투는!"

"아무튼, 아베노 선배와 어제 얘기했더니 어쨌는데?"

"그 여자는…… 카구야는…… 너를 행주 녀석이라고 했어!"

"그게 어쨌다고?"

"그 여자가…… 남자를 행주라고 표현하다니…… 최고의 찬사잖아!"

그러고 보니 날 인정해서 걸레에서 행주로 승격을 시켜준다느니 하는 소릴 했던 것 같다.

아니, 뭐야? 그럼 그게──.

진짜 친절해진 거였냐!

그게 잘해주는 거라고?! 전혀 모르겠네!

누가 나에게…… 아베노 카구야라는 특이한 인간을 다루는 설명서를 보내줘…….

"아니, 정말 아무 사이도 아니야."

"하지만…… 그럴 리가…….."

그러는 사이 우리는 학교에 도착했다.

1교시 수업도 끝난 뒤——.

——우리 반 학생들은 인질로 사로잡혀 있었다.

스스로도 이게 무슨 소린가 싶지만, 아무튼 그렇게 됐다. 나도 정황을 모르겠다.

그냥 갑자기 권총을 든 남자가 학교에 침입했다.

그러고 보니 오늘 아침 뉴스에서 7명을 살해한 엽기적인 연쇄살인범이 탈옥했다는 이야기를 했는데, 혹시 그건가?

아베노 선배 말로는 요괴가 이상 발생하면 정신이 이상해지는 사람이 늘거나, 원래 정신이 이상한 사람이 육체적으로 강해지거나 행동에 나서는 일이 있다고 했다.

아마 이 연쇄살인범도 그렇게 힘을 얻은 듯하다.

그나저나 이세계에서 돌아오고 나서 이벤트가 너무 자주 일어나는 것 아닌가.

나는 주위를 둘러보았다.

남자는 교실 뒤쪽 벽 앞에, 여자는 교단 앞에 일렬로 서 있었다.

그리고 교단 위에는 권총을 들고 티셔츠에 청바지를 입은 40대 아저씨가 있었다.

"자, 어쩔까나……."

현재 시각 10시 30분.

사건은 대충 이런 느낌이었다.

일단 40대 중반 남성이 교문에 나타나 경비원의 눈에 띄었다.

경비원이 말을 걸자 남자가 총을 쏘았다.

발에 총을 맞은 경비원은 그 자리에 쓰러졌고, 남자는 뛰어서 학교 건물 안으로 침입.

수상하게 여긴 체육교사가 남자를 제지하려고 하다 총에 어깨를 맞았고, 이어서 우리 교실로 범인이 난입하였다.

남자는 영어교사의 팔을 쏘고, 쓰러진 교사를 교실에서 걷어차 밖으로 내보냈다.

모두 곧장 병원으로 옮겨진 모양이니, 아마 목숨에 지장은 없을 것이다.

그러나 교실은 아비규환에 빠진 지옥과 같았다.

학생들을 두려움에 빠뜨린 범인이 웃으며 이렇게 말했다.

"나는 어차피 사형이야. 이렇게 된 바에, 마지막에 여고생과…… 즐겨도 뭐라고 할 수 없다고."

굉장히 알기 쉬운 범행 동기였다. 얼른 어떻게든 하지 않으면 큰일 나겠는데…….

그렇게는 생각해도, 상대는 권총을 들고 있단 말이지.

여기서 내가 섣불리 움직였다가 꼬이면 곤란하고.

나는 일단 경찰을 기다리다가 친구들의 정조가 위험해지면 바로 움직이기로 했다.

아니, 그 전에 사카구치가 움직일 수도 있겠군.

아무튼, 직접적인 피해가 나오기 직전까지는 지켜보고 있어야겠다.

"남학생은 교실 뒤에 그대로 있어."

여학생들이 겁에 질린 얼굴로 우리 쪽을 돌아보았다.

범인은 마치 품평이라도 하듯이—— 오른쪽부터 왼쪽으로 천천히 고개를 돌리며 여학생들을 끈적이는 시선으로 훑어보았다.

남자가 관심을 보인 사람은 글래머에 안경을 쓴 반장과 이탈리아에서 자란 핀란드인인 사카구치였다.

얼굴로 고르면 핀란드인.

가슴으로 고르면 반장일까.

아니, 반장도 충분히 미인이지만…….

남자가 교단에 서서 여학생들에게 말했다.

"알겠나? 지금부터 몇 시간…… 이 교실에서는 내가 지배자다. 먼저 여자들은 모두 교복 재킷과 블라우스를 벗어라."

진짜 쓰레기다…… 그러나 아직은 움직일 때가 아니다.

저 녀석을 때려눕히는 건 어려울 것 없지만, 그 뒤에 어떻게 흘러갈지 알 수 없으니.

나는 일단 아슬아슬할 때까지 경찰을 기다려보기로 했다.

시키는 대로 여학생들은 떨면서 재킷과 블라우스를 벗었다.

블라우스를 벗은 반장의── 속옷으로 가린 가슴이 흔들렸다.

그때 인질범이 혀를 찼다.

블라우스를 벗지 않은 학생이 있었기 때문이다.

"왜 안 벗어?"

"왜 내가 벗어야 하는데?"

핀란드인이 중지를 세워 손가락 욕을 날렸다.

남자와 사카구치는 그대로 서로 노려보더니──.

"뭐, 넌 가슴이 없으니 됐다. 취향도 아니고."

그러자 남학생 몇 명이 큰 한숨을 내쉬었지만, 나는 못들은 걸로 했다.

그리고 가슴이 없다는 말을 들은 사카구치는 충격을── 아니, 분노로 핏대를 세우더니.

"가슴이 없으니 취향이 아니라고?! 에잇! 넌 나를 화나게 했어!"

스스로 블라우스와 스커트를 벗어 줄무늬 팬티와 줄무늬 브래지어 차림이 되었다.

"나의 모델처럼 슬림한 보디를 보고도…… 취향이 아니라고 말할 셈이야?!"

남학생 몇 명의 감정이 크게 부풀어 오르는 것이 느껴졌다.

"그래, 관심 없어. 가슴이 없으니까."

하지만 속옷 차림에도 인질범은 사카구치를 완전히 무시했다.

결국 다시 사카구치의 얼굴에 핏대가 마구 서기 시작했다.

그러나 곧 고개를 가로젓더니 작은 목소리로 무언가를 중얼거렸다.

[스킬: 청력 증폭이 발동되었습니다.]

"칫, 지금은 눈에 띄지 않는 게 좋겠어. 경찰을 기다리는 게 최선……."

제길, 나서길 기대했건만!

평소에도 제멋대로니 조금 날뛰어도 넌 문제 없잖아!

아무래도 사카구치가 움직이길 기대하기는 틀린 것 같다.

"야, 너."

남자에게 불린 반장이 몸을 움찔 떨었다.

"……아, 네, 네……!"

"먼저 너부터 다 벗어."

반장이 창백한 얼굴로 그 자리에 주저앉았다.

"어이쿠, 겨우 벗으란 소리에 겁먹으면 곤란한데? 즐거움은 이제부터 시작이잖아?"

남자가 천박하게 웃으며 웅크리고 있는 반장을 쳐다보았다.

"……요."

"응? 뭐라고?"

"싫……어요."

직후 남자가 웅크린 반장의 얼굴을 돌려차기로 걷어찼다.

"꺄악……!"

반장이 옆으로 쓰러지자, 남자는 반장의 머리를 잡고 강제로 일으켰다.

"잘 들어! 다른 년들도 봐둬! 이 교실에서는 내가 절대 권력자다! 나에게 거스르면 이렇게——."

"이제 그만해, 이 쓰레기가."

사카구치가 발걸음을 뗀 순간 내 목소리가 교실에 퍼졌다.

앗…… 제길! 사카구치……! 나설 마음이 있으면 더 빨리 움직이라고!

간발의 차로 내가 먼저 움직이는 꼴이 되고 말았잖아!

"뭐? 쓰레기? 네가 지껄였냐?"

학생들이 모두 나에게 놀란 시선을 보냈다.

——하아, 저질렀다.

나를 향하는 총구를 바라보며 한숨을 내쉬었다. 뭐…… 어쩔 수 없지.

나는 범인을 노려보며 주먹을 뚝뚝 울렸다.

"쓰레기를 쓰레기라고 부르는 게 뭐가 잘못인데."

"이 새끼가. 권총이 눈에 안 들어와? 여자 앞이니 멋있는 척해 봐야 아무런 이득이 없다고?"

당당한 표정으로 아저씨가 히죽 웃었다.

"으응? 권총이 눈에? 그런 커다란 게 눈에 들어갈 리가 없잖아. 돌았어?"

나의 말에 다시 학생들이 놀란 표정을 지었다.

"꼬맹아? 내가 애는 못 쏠 줄 알아? 나는 이미 일곱 명을 죽였고, 이 학교에서도 세 사람을 쐈는데?"

그러며 남자가 한쪽 눈을 감고 양손으로 권총을 쥐었다.

조준도 맞출 줄 아는 걸 보니, 다루는 법을 모르지는 않는 모양이다.

"머리를 날려주마. 어이, 꼬맹이? 이름이 뭐지?"

"이름?"

"나는 자기 전에 죽인 놈의 이름을 떠올리며 실실 웃는 게 취미거든. 나에게 인생을 뺏긴 선량한 녀석들의 얼굴과 이름을 떠올리면 정말 웃음이 나."

완전히 사이코패스다. 한시라도 빨리 형무소로 보내야겠다.

"모리시타 다이키야."

"그래. 잘 기억했어. 그럼 작별이다——."

빵 하는 가벼운 소리가 울려 퍼지고, 학생들이 움찔 몸을 떨었다.

[스킬: 체술이 발동되었습니다.]

[스킬: 관찰이 발동되었습니다.]

[스킬: 명경지수가 발동되었습니다.]

[스킬: 반사신경 강화가 발동되었습니다.]

탄환의 궤도는 이미 파악했다. 내 속도라면 격발 후에 움직여도 충분히 대처할 수 있다.

사실 그냥 맞더라도 권총 따위로 다칠 일은 없겠지만.

중기관총이라면 몰라도, 이런 귀여운 총으로는 턱도 없다.

물론, 사람들에게는 빗나갔다고 할 거지만.

나는 약간 머리를 옆으로 하여 총알을 피한 후 범인을 향해 달려갔다.

"뭣?!"

나는 순식간에 범인과 거리를 좁힌 뒤, 멈추지 않고 범인의 턱을 향해 레프트 훅을 날렸다.

슉! 하고 바람이 스치는 소리가 들린 후—— 뇌가 흔들린 범인은 그 자리에서 쓰러졌다.

"………."

"………."

"………."

"………."

"………."

교실이 조용해졌다.

친구들의 시선이 따갑다. 와아, 저질렀어.

내가 '이제…… 어쩌지?' 하고 있자니 사카구치가 입을 열었다.

"너…… 방금 그거……?"

나는 잠깐 생각하고, 생각하고, 생각한 뒤—— 입을 열었다.

"아니, 나…… 합기도 같은 거…… 하거든."

스스로 생각해도 매우 억지스러운 변명이었다. 하지만 아무 말도 하지 않는 것보다는 나았다.

"………."

"………………."

"………………."

"………………."

"………………."

역시 다른 친구들의 조용한 시선이 따가웠다.

아, 그냥 될 대로 되라고 생각한 순간——.

"합기도! 동양의 신비가 담긴 무술!"

레이라 사카구치가 감탄한 표정으로 크게 고개를 끄덕였다.

"설마 네가 신비의 마샬 아츠 마스터일 줄은 몰랐어! 처음에 신기한 느낌이 든 것도, 아베노 카구야가 주목하고 있는 것도 그런 이유구나!"

사카구치는 무언가 혼자 납득했는지 "응응" 하고 고개를 끄덕이고 있다.

아차, 이 녀석, 미국영화 같은 데 나오는 초인 닌자를 믿는 타입이었지!

합기도도 초현실 같은 기술이라고 믿는 것 아닐까?

"노예들! 그리고 다들! 인질범을 격퇴한 합기도의 달인을—— 헹가래를 쳐주자!"

사카구치의 노예 여섯 명이 나를 둘러싸고 들어 올렸다.

"으싸! 으싸! 모리시타 으싸!"

이어서 교실의 다른 남학생들이 나에게 다가왔다.

"그렇구나! 모리시타는 합기도의 달인이었구나! 대단해!"

"진짜 합기도 굉장한데!"

"우와! 대박이다! 합기도 짱이네!"

이어서 여학생들이 다가왔다.

"모리시타! 고마워! 합기도! 고마워!"

"대단해! 정말 합기도란 굉장하구나!"

"으싸! 으싸! 모리시타 으싸!"

다들 나를 들어 올리는 모습을 보며 생각했다.

너희들…… 왜 이렇게 순수한 거야, 속기 쉬운 건지 분위기에 잘 휩쓸리는 건지…….

뭐, 속아서 다행이지만.

그리고 경찰의 사정 청취가 끝나고 하교하던 도중.

나의 눈앞에 금발 트윈 테일의 작은 여자가 나타났다.

"합기도의 달인…… 총알도 가볍게 피하는…… 정말 예상 밖의 남자가 같은 반에 있었다니."

"아, 피한 거 알아챘구나."

"아베노 카구야에게 여러모로 들었겠지만, 나도 일반인은 아니니까."

그리고 당당한 자세로 오른손 검지로 나를 척 가리켰다.

"아무튼 이제 넌 나의 사부님이야!"

"사부님?!"

"나에게도 합기도를 가르쳐줘! 나의 힘에 동양의 신비 마샬 아츠가 더해지면 더할 나위 없겠지!"

"뭐……?"

"먼저 네 번호를 내놔!"

아아, 이러지 말라고. 이 별종이 뭐라고 하는 거야.

"아니, 하지만…….”

"네가 나에게 합기도를 가르치는 것은…… 내가 정한 나의 규칙으로 결정된 사항이야! 앞으로…… 네 주변을 어슬렁거릴 테니 각오해둬!"

"어…… 으응…….”

나는 진저리쳤다.

——진짜 중2 월드의 주민은…… 라이트 노벨의 히로인 같은 느낌이구나.

실제로 보니 너무 짜증나!

너무나도 짜증 난다고!

글래머 미인이라면 모를까…… 가슴도 작으면서 이러니 못 참겠다!

[스킬: 정신공격 내성이 발동되었습니다.]

고마워요, 신의 목소리!

이렇게 고마울 수가! 쓸모없다고 해서 미안해.

나의 파트너는 너뿐이야.

"어서 번호를 내놔!"

나는 진저리치며 번호를 적어 사카구치에게 건넸다.

사이드: 아베노 카구야

──구미호.

미녀로 둔갑하여 사람의 마음을 현혹하고, 몇 개나 되는 왕조
며 왕족을 멸망으로 이끈 요괴.

아득한 옛날부터 존재한 강력한 요괴이며, 고대 중국에서는 은
나라의 달기…… 일본에서는 도바 천황을 모신 타마모노마에라
고 알려져 있다. 물론 퇴마의 세계에는 모르는 사람이 없는 거물
이다.

기린이나 사신수와 같은 신수 또는 영수라는 전승도 있으며,
신에 필적하는 힘을 갖고 있다는 이야기도 있다.

헤이안 시대에 타마모노마에라는 절세 미녀로 둔갑했을 때, 나
의 먼 친척에 해당하는 음양사 아베노 야스나리에게 정체를 들
켜, 당시 유력한 음양사와 사투를 벌인 끝에 간신히 봉신(封神)했
다고 한다.

그 이후, 우리 집안 대대 영적으로 관리하던 토지에 옮긴 것까
지는 좋았으나, 성가시게도 약 2백 년에 한 번, 봉신 결계가 약해
지는 순간이 있었다.

그때마다 제사를 지내 신을 달래 왔는데…… 이를 위해선 무녀
를 산 제물로 바쳐야만 했다.

──그것이 옛날부터 정해진 관습이며, 그것이야말로 우리 아
베노 분가의 역할이었다.

이번 산 제물 후보는 나와 언니, 그리고 사촌 세 명으로, 이 다섯 명은 구미호의 부활에 따른 요기에 이끌린 대량의 하급 요마를 토벌하는 것으로 산 제물 선정 시험을 치르고 있다.

규칙은 간단하다. 토벌 수 최하위가 구미호에게 산 채로 잡아먹히는 거다.

──해 질 녘.

우리는 밤거리에 출진하기 위해 준비 작업에 들어갔다.

무녀복을 입고, 칼, 언월도, 활── 각자 무기를 점검한 후, 무술의 기본 동작 연무를 한 다음, 마지막으로 부적술의 기초를 확인한다.

나는 아베노가의 광대한 정원에 있는 부적술 훈련용 표적을 향해 섰다.

부적술은 술자의 정신에 크게 영향받는 술식이라 그날의 정신 상태에 따라 세심한 조정이 필요하다.

그래서 미리 1m 정도 되는 표적에 술식을 날려, 상태를 확인하고 조정을 한다. 이러지 않으면 실전에서 예상치 못한 반격을 당할 수도 있다.

내가 20m 앞의 표적을 향해 부적을 날리려고 한 찰나, 누군가가 말을 걸어왔다.

"후후…… 있잖아, 카구야? 지금 어떤 기분이야?"

"…………?"

갈색으로 물들인 웨이브 헤어스타일에 유흥업소에서나 볼 것 같은 얼굴. 유이 언니었다.

나보다 다섯 살 많은 대학생 사촌이다.

내가 말하는 것도 좀 그렇지만, 우리 가문 여자들은 대부분 미녀였다.

당연히 유이 언니도 미인이었는데, 눈매가 올라가 있어서 다른 자매들보다 약간 센 인상이었다.

"구미호에게 산 제물로 끌려가는 게 어떤 기분이냐고."

현재 꼴찌인 내가 하룻밤 동안 잡을 수 있는 요괴는 기껏해야 20마리 남짓.

4위인 유이 언니와는 30마리 정도 차이가 나는데, 앞으로 남은 선정 경합이 4번밖에 없으니 여기서 단숨에 추월하지 않으면 돌이킬 수 없다.

"아직…… 승부는 끝나지 않았어."

그러자 유이 언니가 싱긋 웃었다.

"핏줄이나 재능은 누구에게도 뒤처지지 않지만, 너는 아직 10대잖아? 어쩔 수 없는 경험의 차이가 있다는 거야. 그야말로 압도적인 차이가 말이야."

"그러니까 승부는 아직 나지 않았다고."

유이 언니가 품에서 부적을 꺼내 표적을 향해 던졌다.

부적은 정확히 표적의 가운데를 맞추며 폭발했고, 표적에는 약 70cm 정도 되는 구멍이 뚫렸다.

"이게 5년의 차이야. 너는 한 50cm였던가? 이 선발도 이제 절반을 지났는데, 너는 독보적인 꼴찌잖아? 실력 차이는 명백하다고."

"…………."

입을 다문 나를 보며 유이 언니가 히죽히죽 웃으면서 말을 이었다.

"이야, 참 다행이지? 구미호가 부활한다는 소릴 들었을 때는 진짜 간담이 서늘했는데 말이야."

"뭐가 다행이라는 거야?"

"뭐겠니? 네가 무능해서 다행이라는 거지. 나는…… 구미호의 먹이 신세 따윈 사양이거든."

킥킥 웃으며 유이 언니가 나의 어깨를 두 번 툭툭 두드렸다.

"카구야는 아직 처녀지?"

"……그게 왜?"

"전승에는 재물로 끌려가도 바로 죽는 게 아니래. 이래저래 농락당하다가 죽는다고 하더라고."

"농락……?"

"구미호가 작은 요괴들을 소환하는데, 그놈들한테 사흘 밤낮으로 실컷 능욕당하는 거지. 그런 뒤에 산채로 가죽을 벗긴 뒤 뼈를 다 으깨서 잡아먹는다나 뭐라나."

듣고 보니 어디서 읽은 기억이 있다.

구미호는 신사의 사당—— 좁은 공간에 갇혀 있느라 오락에 굶주려 있다고.

거기에 장난감을 던져주는 거다. 무슨 일이 일어나도 이상할 게 없다.

"아~ 카구야가 무능해서 정~말 다행이야."

"…………."

"뭐, 네가 먼저 태어났으면 달랐을지도 모르지만?"

쥘 부채를 꺼낸 유이 언니가 우아하게 파닥파닥 부채질을 시작했다.

"하지만 어쩌겠어? 너는 고작 17살이고 우리는 모두 스물을 넘겨버렸는걸. 이 몇 년의 차이가 절망적인 거야."

"…………."

"그나저나 그 나이에 아직도 처녀라니, 농담이지? 가드가 너무 단단한 거 아냐? 그냥 숫기가 없는 건가? 정말 웃음이 나올 지경이야. 심지어 첫 상대가 요괴라니."

"…………."

유이 언니는 결국 참지 못하고 킥킥 웃기 시작했다.

"우후후…… 크흐흐……! 꺄하하……! 꺄하하하!"

곧 그녀는 우후후 웃으며 입가를 부채로 가렸다.

"어머나, 나도 참 상스럽게. 하지만 정말 다행이야…… 고작 몇 년 빨리 어머니의 자궁에서 뛰쳐나왔다고 처지가 달라지다니."

"…………."

"너도 앞으로 몇 년이면 나만큼은 했을 텐데, 안타깝게 됐네. 분하지? 하지만 이게 현실이야. 넌 처녀를 잃고 고문을 받다가 잡아먹혀 죽는 거라고. 아, 그래도 안심해. 내가…… 네 몫까지 인생을 실컷 만끽해줄 테니까."

유이 언니는 그렇게 말하고 정원에 있는 오두막으로 돌아갔다.

그리고는 기분 나쁘게 웃는 표정으로 나를 바라보며 의자에 앉아 우아하게 커피를 마시기 시작했다.

"…………."

모리시타가 추천한 스킬은 색적이었지만, 실은 부적술에도 스킬 포인트를 조금 투자했다. 덕분에 부적술의 스킬 레벨을 3에서 4로 올릴 수 있었다.

스테이터스도 1.5배 정도 올라간 참이고. 시험해보기 딱 좋은 기회다.

나는 표적을 향해 부적을 던지고 화염술을 사용했다.

그러자 표적은 화염술을 맞고 흔적도 없이 사라져버렸다.

나는 만족스럽게 고개를 끄덕였다.

좋아, 할 수 있겠어.

참고로 표적이 증발하는 순간, 히죽거리며 구경하고 있던 사람 하나가 마시던 커피를 성대하게 뿜었다.

사이드: 레이라 사카구치

나는 빌딩 옥상에서 번화가의 네온사인을 내려다보고 있었다.

"어디……."

바티칸의 지시로 나는 구미호 부활 카니발에 참가하게 되었다.

도미니온즈는 바티칸의 특무 퇴마 부대다.

바티칸에서 가장 보수적인 세력이며, 신도에게는 한없이 관대하지만 적대하는 이교도와 괴물은 발견한 즉시 제거한다.

일본이라는 나라는 수없이 많은 신이 통치하는 잡다한 영적 카오스 상태이기 때문에 바티칸도 지금까지 일본을 건들지 않았으나, 이번에 구미호를 시작으로 일본에 모든 괴물을 섬멸할 계획을 세웠다.

나는 우선 아베노 가문 사람들을 따라다니며 산 제물 선발을 방해하기로 했다.

후보들과 내가 하루에 사냥하는 요마가 약 200마리. 그중의 반이 내 몫이다.

솔직히 아베노 가의 무녀들 너무 약한 거 아냐?

뭐, 내가 대단한 천재 미인 엘리트 퇴마 소녀이니 어쩔 수 없겠지만. 저 '평범한 인간'들이 가여울 정도라니까?

"자, 오늘 밤도 날뛰어볼까."

나는 그대로 빌딩 옥상에서 밤거리로 다이빙했다.

――그리고 몇 시간 뒤.

나는 24시간 카페에서 머리를 싸매고 있었다.

"왜 요마가 없는 거야……."

처음에는 순조로웠는데, 20마리째를 처리한 뒤로는 도저히 요마를 찾을 수 없었다. 요마의 기척이 조금도 느껴지지 않았다. 사실상 요마를 찾기란 불가능한 상황이었다.

"바티칸에 뭐라고 보고하냐고……."

바티칸에서 가능한 요마를 퇴치하라고 지시를 받은 차에 치명적인 실태였다.

이러다 아베노 사람들에게 밀리는 거 아니야?

울적해진 나는 살짝 한숨을 내쉬었다.

사이드: 모리시타 다이키

선배를 비롯해 아베노가 사람들이 밤마다 치르고 있는 정체불명의 의식이 지난 다음 날.

학교에서 아무런 이벤트 없이 집으로 돌아와 엄마의 카레를 먹고 씻고 나와 스마트폰을 쳐다보고 있자니 대뜸 전화가 걸려왔다.

"아, 벌써 시간이 이렇게 됐나?"

오후 11시 30분.

이제는 일과가 된 아베노 선배와의 통화 시간이었다.

"여보세요."

"저기, 모리시타?"

"네?"

"내가 지금…… 무슨 차림이게?"

"잠옷 아닙니까?"

"아니. 바로…… 속옷 차림이야."

"느닷없이 무슨 말을 하는 거야!"

정말 이 사람은 무슨 생각을 하는 거지.

"참고로 검은색이야. 다 비치는."

"다 비친다는 말을 저에게 할 필요가 있어요?! 그보다 안 추워요?"

4월이라고 해도 오늘은 쌀쌀하다고.

난방을 틀지 않고서야 속옷만 입고 돌아다니기는 좀…….

"그래서 말인데, 나 지금."

"네?"

"몸이 달아오르고 있어."

"달아올라요?"

"그래, 어제 나 혼자서 요마를 백 마리나 섬멸했거든. 이제 꼴 찌는커녕 단독 선두야."

"그거 잘됐네요. 색적 스킬 편리하죠?"

"응. 누구보다 빨리 찾아서 퇴치할 수 있었어. 사촌 언니의 울 먹이는 얼굴을 떠올리면…… 지금도 웃음이 나와."

"네? ……그래서 달아올랐다고요?"

"맞아. 몸이 뜨거워서…… 후끈거려 참을 수가 없어."

"그렇군요. 감기 안 걸리게 조심하세요."

"잠깐, 모리시타."

"왜요?"

"몸이…… 후끈거려서 못 참겠다니까. 까놓고 말해서…… 흥분했다고."

전화 너머로 '하아, 하아' 하고 애타는 숨소리가 들렸다.

"아니, 흥분이라고 해도……."

"저기, 모리시타."

아베노 선배의 애타는 숨소리가 더욱 커졌다.

"……왜요?"

"나 지금, 달아오르고 있다니까? 흥분했다고."

"네. 들었는데요."

"기분이 막 들뜬다고."

"들떠요?"

"그래, 마구 들떠 있어. 흥분했다고. 그러니까 가라앉혀야 해."

"가라앉혀요?"

"그래, 맞아."

잠시 뜸을 들이고 아베노 선배가 물었다.

"저기, 모리시타?"

"왜요?"

"몸이 후끈거리고 뜨거워서…… 지금…… 브래지어를 벗었어."

"…………."

"저기, 모리시타?"

"왜요?"

"텔레폰 섹스라는 말 알아?"

무슨 말을 하는 거야, 이 인간이!

전혀 이해할 수가 없다고! 뭐야 이 대화!

아베노 선배가 재차 되물었다.

"있잖아, 다시 한번 물을게. 텔레폰 섹스라는 말 알아?"

"뭐, 들은 적은 있습니다만…….."

"서로 전화를 하며 기분을 고조시켜서…… 각자 자위하는 거래. 그리고…… 서로 기분을 고조시키기 위해 질척질척 소리를 들려 준다고 하던데."

"질척질척이 뭡니까!"

대체 이 인간은 갑자기 무슨 말을 꺼내는 거야!

"아, 아, 아무튼! 저는 전혀 모릅니다."

동정이 감당할 수 없는 세계다.

"그래서 말인데 모리시타?"

"네?"

"나는 달아올라 있어."

"…………."

틀렸다.

이 인간을 어서 어떻게든 해야 한다.

그때── 갑자기 전화 너머에서 질척거리는 소리가 들렸다.

"잠깐만요, 아베노 선배?!"

"응…… 왜…… 불러?"

아베노 선배의 숨소리가 점점 커졌다.

그리고 다시—— 질척질척 소리가 들려왔다.

"뭐 하는 겁니까?! 그 **질척거리는 소리는 뭐냐고요?!**"

"으응……."

"…………."

"…………."

잠시 침묵, 다시 질척거리는 소리가 전화로 울려 퍼졌다.

나는 너무 당황하여 쿵쾅쿵쾅 크게 뛰는 심장이 당장이라도 입에서 튀어나올 것만 같았다.

"뭘 하기는…… 음…… 앗…… 으음…… 그야…….'"

"스톱! 그만! 선배! 여러모로! 여러모로 위험해!"

그리고 다시 잠깐 침묵이 흐른 뒤, 아베노 선배가 웃으면서 이렇게 말했다.

"뭐가 위험해? 그냥 볼을 잡고 당겼다 다시 놓았을 뿐인데."

"뭐?!"

"조금 장난쳤을 뿐이야. 너도 직접 해봐."

나는 시키는 대로 볼을 잡아당겼다 놓아보았다.

그러자 입안에서 질척거리는 소리가 났다.

"제길……?! 자꾸 이러시면 저도 화낼 겁니다?"

"후후, 놀라기는…… 귀엽구나, 모리시타."

"진짜 이러지 마세요."

"어머, 꽤 당황한 모양인데? 과연 무슨 소리로 착각한 걸까?"

"…………."

"후후…… 말할 수 없는 건가 봐? 정말 넌 구제불능의 천박한 인간이구나. 한 번…… 혼쭐이 나야 하지 않을까? 이…… 변태 자식."

제길, 이 여자가…….

나는 분을 삭이며 깊은 한숨을 내쉬었다.

"선배의 야한 농담도 꽤 심하네요."

"야한 농담을 좋아하거든. 하지만—— 나는 처녀야."

"처녀…… 진짜 아무래도 좋은 커밍아웃, 대단히 감사합니다."

"그래, 한마디로 나는——."

그녀가 전화 너머에서 입을 다물었다.

그리고 크게 크게 숨을 들이마시고는 이렇게 말했다.

"음란 처녀야."

"대체 왜 그걸 뜸을 들이며 다시 말하는 건데요?!"

"그런데 모리시타?"

"왜요?!"

"야한 사람은 아래 털이 무성하다는 거 알아?"

"뭐, 그런 속설이 있긴 하죠."

"나도 무성해."

"진짜 아무래도 좋은 두 번째 커밍아웃, 대단히 감사합니다!"

"맞아, 한마디로 나는——."

그녀가 전화 너머에서 입을 다물었다.

그리고 크게 크게 숨을 들이마시고는 이렇게 말했다.

"강모야."

"그러니까 왜 그걸 뜸을 들이며 다시 말하는 건데요?!"

"후훗, 농담이야. 일일이 당황하다니…… 귀엽네, 모리시타."

"또 농담이었습니까? 자꾸 이러면 저도 정말 화낼 거라고요?"

"그래, 농담이야. 참고로 음란 처녀랑 털이 무성하다는 이야기는 사실이야."

"농담이 아니었잖아!"

"그런데 모리시타?"

"왜요?"

"그 무성하다는 게…… 엄청나게 무성하거든?"

"이제 아래 털 이야기는 그만하지 않겠습니까?"

"안 돼. 나도 이유가 있으니까 이런 이야기를 하는 거라고."

"뭔데요, 대체?"

"──음란 처녀 캐릭터를 만들어야만 해. 너와 나의 앞일을 위해 아주 중요한 거지."

"앞일이 뭔데요?!"

"그건 차치하고──."

"무시하고 다음 이야기로 넘어가려고 하지 마세요!"

"아무튼, 정말 나는 털이 무성해. ……보여주지 못해서 정말 아쉽네."

"안 보여줘도 되거든요!"

"하지만 그렇다면 모리시타에게…… 어떻게 해야 나의 털이 얼마나 무성한지 전할 수 있을지…… 고민되네."

"전하지 않아도 된다고요!"

"나는 비유가 서툴거든…… 하지만 역시 비유를 들어 설명할 수밖에 없겠어. 어디……『북ㅇ의 권』으로 예를 들어볼까?"

"그걸 설명하는 데『ㅇ두의 권』을 예를 든다고요?!"

비유가 얼마나 서툰 거냐, 대체!

언더 헤어의 상태를 전달하는 데『북두의 ㅇ』이 적절하다고는 생각할 수 없다.

내가 아니라도 다들 그렇게 생각할걸?

"맞아, 한마디로 나의 털이 얼마나 짙은지『북ㅇ의 권』으로 비유하면──."

그녀가 전화 너머에서 입을 다물었다.

그리고 크게 크게 숨을 들이마시고는 이렇게 말했다.

"라ㅇ우야."

강권이었다.

그보다 큰일이다. 이 대화가 조금…… 재미있어졌다.

"비유가 어려워서 미안해, 모리시타."

"엄청 알기 쉬운데! 아니, 알면서 그런 거지, 너!"

"하지만 모리시타?"

"왜요?"

"꼭…… ㅇ오우라고 할 수만은 없어."

"무슨 뜻이에요?"

"약간…… 토ㅇ라는 말도 있거든."

"흐음……?"

"흰 털이 하나 돋아났거든."

아아 과연, 아베노 선배는 유권도 쓸 수 있다는 것인가. 이거 한 방 먹었다며 나는 손바닥을 짝 마주쳤다.

다음 날.

점심시간에 사건이 일어났다.

교실이 술렁거리며 모두의 시선이 교실 앞으로 쏠렸다.

"안녕."

학교 서열 최상위 F컵 미인인 아베노 선배가 갑자기 우리 반에, 정확히는 나를 만나러 왔기 때문이었다.

아베노 선배는 나에게 곧장 다가왔다.

"모리시타? 점심은 먹었어?"

"아직요."

그러자 그녀가 가방에서 작은 꾸러미를 꺼내며 이렇게 말했다.

"네 도시락도 만들어왔어. 밖에서 같이 먹자."

나는 놀라 그대로 굳어버렸다.

어느새 교실에도 묘한 정적이 흐르고 있었다.

팬클럽까지 있는 미녀가 여기까지 와서 그런 말을 할 줄 누가 알았겠는가.

그나저나…… 운명의 신은 나에게 평범한 학교생활을 줄 생각이 없는 거 아냐?

"그, 그, 그냥 도시락을 만들어왔을 뿐이니까 차, 차, 착각이라도 하면 곤란하거든!"

"갑자기 새침하게 굴어도 평소 같은 무표정으로 하면 귀엽지 않은데요……."

모두가 쿨 뷰티라고 부르는 그 가면 같은 얼굴이다.

그녀의 본성을 알고 있는 나는 그저 유감스러운 철 가면으로밖에 보이지 않았지만.

우리는 학교 정원으로 이동했다.

도시락에는 문어소시지, 아스파라거스 베이컨말이, 시금치나물, 그리고 닭튀김이 들어 있었다.

"그런데 왜 갑자기 도시락을?"

"빚을 진 채 있기는 싫으니까. 뭐, 이 정도로 레벨 업 건을 갚을 수 없겠지만은……."

흐음, 귀여운 구석이 있군.

"그렇지만 도시락이라는 게…… 꽤 시간이 드는 일 아닌가요?"

그러자 아베노 선배가 피식 웃으며 긴 머리를 오른손으로 쓸어넘겼다.

"모두 냉동식품이야. 그냥 전자레인지에 돌리고—— 담았을 뿐. 만드는 데 딱 10분 걸렸어."

"정성이 안 들어갔잖아! 여기선 직접 만들었다고 거짓말이라도 해야지!"

나는 실망하면서 아스파라거스 베이컨말이를 입에 넣었다.

"어때? 맛있어?"

"……평범."

뭐, 냉동식품이니까.

아니, 우리 엄마의 밥이 너무 맛있는 탓이기도 한데…….

그러다 나는 선배를 보고 깜짝 놀랐다.

——아베노 선배가 눈물을 흘리고 있었기 때문이다.

"왜 그러세요, 선배?!"

"——이른 아침부터 열심히 만들었는데…… 평범하다니……
너무해……."

"잠깐만요?! 냉동식품이라면서요?"

"……그건 쑥스러워서 그랬지. 너를 위해 열심히 만들었다고
하면 부담스럽잖아?"

"이른 아침이라니, 몇 시부터 만들었는데요?"

"2시."

"심야잖아요?!"

"……그것도 쑥스러워서 그랬지. 너를 위해 열심히 만들었다고
하면 부담스럽잖아?"

"도시락을 만들어 준다고 결심까지 해놓고 이상한 곳에서 쓸데
없는 고집을 부리지 마!"

"……그것도 그러네."

아베노 선배가 손수건을 꺼내 눈물을 닦았다.

"저기, 모리시타?"

"왜요?"

"나는 지금, 이 순간만…… 고집을 부리지 않겠어. 딱 한 번만 말할 거니까 귓구멍을 열고 잘 들어."

그녀가 잠시 입을 다물었다.

그리고 크게 크게 숨을 들이마시고는 이렇게 말했다.

"고마워…… 덕분에 살았어."

아베노 선배가 부드러운 미소를 지으며 나에게 오른손을 내밀었다.

봄 햇빛에 아베노 선배의 비단 같은 검은 머리가 금빛으로 반짝반짝 빛나, 신적인 아름다움이 더욱 돋보였다.

아주 잠깐이지만 그녀의 미소가 나의 심장을 사로잡았다.

나는 손을 내밀어 그녀의 악수에 응했다.

서로 손을 쥐는 순간, 나는 미소를 지으며 아베노 선배에게 말을 걸었다.

"선배는 웃으면…… 예쁘네요."

아베노 선배는 살짝 볼을 붉게 물들이며 가만히 있었다.

아니, 그러고 10초쯤 계속 가만히 있었다.

어라?

나는 의아하여 고개를 갸웃했다.

이 반응은 예상 밖이다. 평소라면 이런 말을 하면 변태나 파렴

치한 아니면 행주 녀석이라고 말했을 텐데…….

"……선배? 오늘 굉장히 얌전한 거 아닙니까?"

문어소시지를 입에 넣으며 아베노 선배가 살짝 한숨을 내쉬었다.

"가끔은…… 이런 것도 좋지 않아?"

"이것도 선배의 모습이라는 건가요…….."

"점심시간만은 솔직해지자고 정했으니까. 정말 고마워, 모리시타."

"……천만에요."

"만약 네게 무슨 일이 생겨서 곤경에 빠지면, 나는 가장 먼저 널 도울 거야. 앞으로 곤란한 일이 생기면…… 나에게 막대한 은혜를 베풀었다는 사실을 떠올려줘."

"막대한 은혜라니…… 너무 거창하잖아요."

"그런 일이야…… 네가 한 건."

"그나저나 이 닭튀김 맛있네요."

"응, 내 생각에도 잘 만들었어."

"열심히 만든 아스파라거스 베이컨말이를 평범하다고 해서 죄송합니다."

"솔직하게 사과하는 건 좋은 자세야."

"하지만 냉동식품이라고 말한 선배에게도 잘못이 있다고요?"

"그러니까 그건——."

그런 식으로 이것저것 잡담을 하며——.

——우리는 천천히 도시락을 먹고 각자 교실로 돌아갔다.

이세계귀환용사가
현대최강!

시내.

이곳은 다이칸야마의 세련된 카페—— 일명 마계다.

한낮이 지난 카페 안.

멋을 낸 여자들이 가게 안에 앉아 있었다.

그녀들은 "우와, 진짜 웃겨"라고 말하면서 얼굴은 전혀 웃지 않았다.

나아가 "진짜 놀랍네"라고 말하면서도 전혀 놀란 표정을 짓지 않았다.

진짜 웃긴다면 폭소를 터뜨리지는 않더라도 최소한 입꼬리는 올라가야 하지 않겠는가.

개그맨의 쇼에 온 관객이 모두 저런 사람이고, "우와, 진짜 웃겨"라고 대충 말하면서 객석에 앉은 모두가 무표정하다면…… 개그맨이라도 울 거다.

——그렇다. 이곳을 마계라고 부르지 않으면 무어라 표현할 수 있을까.

그런 카페 한구석에 (마계에서도 더욱) 이질적인 존재가 있었다.

외모가 이질적이라는 게 아니다.

오히려 두 사람 모두 대단한 미인이었다. 패션도 흠잡을 곳 없이 완벽했다.

이렇게만 놓고 본다면 다이칸야마의 세련된 카페에 이만큼 어울리는 사람도 없었다.

그러나 두 사람에게는 비밀이 있었다.

그렇다. 그녀들은—— 퇴마 일족의 사촌 자매인 것이다.

"이 타이밍에 갑자기 각성하다니…… 예상 밖의 사태야."

갈색 웨이브 머리—— 바로 얼마 전 카구야에게 시비를 걸다 커피를 뿜어낸 아베노 유이가 먼저 입을 열었다.

"그러게 말이야. 이미 일어난 일이니 어쩔 수 없지만……."

어깨까지 오는 옅은 갈색 머리에 시크한 옷을 입은 20대 중반의 여성이 한숨을 내쉬었다.

"하지만 친동생이잖아……? 사쿠야 언니…… 정말 괜찮아?"

"……그야 친동생이긴 하지."

"이건 금기에 가까운 방법이야. 그레이존에 들어갈 수 있을지조차 아슬하다고. 진짜 친동생을 함정에 빠트려 죽일 각오가 되어있어?"

그 말에 아베노 사쿠야는 품에서 멘솔 담배를 꺼냈다.

"까놓고 말해서, 우리 신사는 만년 적자야. 파산 수준이지. 사실상 부동산으로 먹고살고 있다고."

"아, 가나가와 역 근처에 땅이 좀 있다고 했던가?"

"그래, 그거. 건물주에게 땅을 빌려주기만 하면 되는 아주 간단한 일이지. 리스크도 없고, 일할 필요도 없고, 일은 몽땅 부동산

업자한테 맡겨버리면 돼. ……이걸 일이라고 불러도 되나?"

"흠, 그래서?"

"그냥 땅만 빌려줬을 뿐인데 매년 몇천만 엔이 들어온다니까? 대박 아니니? 조상님께 감사해야 한다니까? 아무것도 안 해도 몇천만 엔이라니. 노력이란 단어가 하찮게 보일 정도야."

"우리 집도 신사 일로는 통 벌리질 않아서 비슷한 상황이긴 한데…… 뭐, 이만큼이나 땅을 가지고 있으면 태어날 때부터 이미 인생 승리한 거나 다름없지."

아베노 사쿠야가 담배에 불을 붙이고는 울적하게 연기를 토해 냈다.

"아주 옛날에는 토지를 비롯한 여러 권리를 얻는 대신 퇴마 같은 일을 해야 했지만, 뭐 지금은 그런 것도 없거니와, 재산 상속세도 없지. 특별한 사유가 없는 한은 후계자에게 고스란히 넘어가. 물론, 퇴마 일을 관두거나 본가에 거스르면 땅이고 집이고 다 몰수당하겠지만."

"……그래서 결론이 뭔데?"

"이번에 갑자기 카구야의 천재적 재능이 개화해버렸잖니? 이제 실력으로 카구야와 붙는 건 사실상 불가능해. 오히려 꼴찌가 갑자기 탈출하는 바람에 우리 넷 중 하나가 제물이 되게 생겼지. 혹여나 살아남더라도 유산을 두고 싸움이 일어나면 내가 압도적으로 불리해. 솔직히 곤란하게 짝이 없는 상황이야. 즉――."

아베노 사쿠야가 싱긋 웃었다.

"걔는 내 인생에 장애물일 뿐이야."

"그래도 일단 친동생이잖아? 말처럼 그렇게 쉽게 버릴 수 있어?"

"못할 것도 없지."

"아니, 어떻게 그래?"

"그야 내가—— 돈을 사랑하니까. 유산은 수백 만이나 수천만 엔 수준이 아니야. 고작 그 정도라면 나도 동생을 선택했겠지. 하지만 수십억 엔이나 된다면 이야기가 다르다고. 늘 성가시다고 생각했으니—— 오히려 좋은 기회지."

그러자 아베노 유이도 싱긋 웃었다.

"정말 답도 없는 쓰레기 마인드네. 어쭙잖은 의리보다 훨씬 믿음직스럽다."

"쓰레기라니, 너무하네."

"너무하긴 무슨, 친동생보다 돈이 좋다며?"

"에이, 나는 그저 다른 사람들보다—— 아주 조금 솔직할 뿐이야."

사이드: 레이라 사카구치

내 이름은 레이라 사카구치.

지금 나는 같은 반의 모리시타 다이키의 집 앞에 있다.

이른바 잠복이라는 거다.

녀석은 동양의 신비 마살 아츠인 합기도 마스터다.

서양 퇴마 기술의 결정체라고도 할 수 있는 나에게 동양의 합기도라는 신비한 힘이 더해지면…… 그야말로 호랑이에게 날개를 단 격!

이제 아베노 카구야에게 절대 뒤처질 일은 없다——.

——앗! 저것은 모리시타 다이키!

"야, 기다려! 이제 슬슬 나에게 합기도를 가르쳐줘!"

왼손을 허리에 대고 오른손 검지로 모리시타 다이키를 척 가리켰다.

"어…… 사카구치구나."

그때 나는 모리시타 다이키의 옆에 있는 여자와 눈이 마주쳤다.

"……레이라 사카구치?"

"왜 네가 모리시타 다이키의 집 앞까지 온 거야?!"

아베노 카구야를 노려보자 그녀가 킥킥 웃었다.

"친구가 없는 너는 모르겠지."

"뭐? 친구?"

"오늘은 모리시타의 17번째 생일이야. 뭐, 친구가 없는 너는 생일 파티라는 개념을 모르겠지만."

"……무슨 말인지 모르겠는데."

"버스데이 홈 파티라고. 친구가 없는 너는 절대 모를 세계라고 생각하지만."

아베노 카구야가 킥킥 비웃었다.

"그, 그, 그러고 보니…… 왜, 왠지 너희…… 묘하게 사이가 좋지 않아? 전에 도시락도 같이 먹었고."

그러자 아베노 카구야가 허리까지 오는 긴 머리를 뒤로 휙 쓸어 올렸다.

"알아챈 거야? 역시 알아챈 거구나? 정말 괴로워…… 고독하지 않은 것은 괴로워. 솔직히 말하면 말이지? 나도 혼자만의 시간을 원해. 친구가 매일 전화를 거니 바쁠 때는 너무 짜증이 나거든…… 어흠. 뭐, 친구가 없는 너는 모르겠지만."

아니, 짜증 나는 건 너거든.

한마디로 친구가 생겨 기쁜 나머지 나에게 그것을 자랑하는 거지?

아까부터 일부러 '친구가 없다'를 집요하게 강조하고 있고…….

"그런 이유로 우리는 모리시타의 집에서 생일 파티를 열 예정 이니 '외부인'은 물러갔으면 좋겠네."

"선배도 멋대로 찾아온 거잖아요…… 딱히 파티를 열 것도 아 니고…… 오는 사람도 선배뿐이고요."

그러며 모리시타 다이키가 나에게 말을 걸었다.

"아베노 선배도 그렇지만…… 넌 대체 뭐야? 예전에 유행한 라 이트 노벨의 히로인과 똑같잖아. 학원 이능배틀계 설정의 뒷세계 는 이게 디폴트인가…….."

"뭐, 뭐, 뭐야! 애초에 나는 라이트 노벨 같은 거 잘 몰라! 기껏 해야 라이트 노벨로 일본어를 배웠다고 해도 과언이 아닐 정도로 몇 권만 읽었을 뿐이야!"

"충분히 안다고 해도 과언이 아닐 만큼 많이 읽은 것 같은데.

아니, 그보다, 사카구치. 선배가 꼭 우리 집에서 밥을 먹고 싶다고 해서 집에 연락했더니 엄마가 폭주한 끝에 파티 요리를 준비한 모양이더라고. 너도 혼자 산다고 했지? 괜찮다면 밥 먹고 가지 않을래?"

그때 나의 배가 꼬르륵거렸다.

아까부터 모리시타 다이키의 집에서 굉장히 좋은 음식 냄새가 풍기는 것이 신경 쓰였는데, 그런 거였나.

"모리시타? 이것은 문자 친구에서 진화 중인 날 위한…… 선택받은 자를 위한 친목 이벤트일 텐데?"

"친목 이벤트라는 이상한 말 하지 마!"

"이런 여자를 친목 이벤트에 참가시키다니 난 결사반대야."

"애초에 저희는 지금도 그냥 문자 친구이잖아요?"

"그냥…… 문자 친구……?"

그 말에 아베노 카구야의 생기가 점점 사라졌다.

입에서 엑토플라즘이 나오는 것을 알 수 있을 정도였기에 나도 모르게 조금 웃고 말았다.

"뭐, 배도 고프고 합기도 연습 방법도 얘기해야 하니까. 알겠어! 너에게 나와 저녁 식사를 함께할 권리를 줄게!"

"대체 너는 왜 그렇게 거만한 거야……."

그때 나의 등 뒤── 모리시타 가의 현관이 열렸다.

"다이키, 돌아왔군요! 여러분도 어서 오세요!"

문틈으로 아홉 살쯤 되어 보이는 분홍색 머리카락의 소녀가 나타났다.

소녀는 앞치마를 두르고 생글생글 웃고 있었다. 참고로 얼굴이
무척 귀여웠다.

——뻐끔뻐끔뻐끔뻐끔.

나와 아베노 카구야는 어항 속의 금붕어처럼 입을 몇 번이나 여
닫았다.

우리 둘은 소녀와 모리시타 다이키의 얼굴을 번갈아 가며 몇 번
이고 바라보았다.

"다들 왜 그래?"

아베노 카구야가 심호흡을 하더니 먼저 입을 열었다.

"모리시타? 생일 파티에 친척 동생이라도 불렀어?"

"아니요?"

"모리시타의 동생은 13살이라고 하지 않았니?"

"그랬죠."

"그럼 이분은 누구야?"

카구야가 과감히 본진으로 뛰어들었다.

아무리 봐도 9살 난 여자애였다. 어딜 봐도 그랬다. 여러 가지
로 말이 안 된다.

"…………."

모리시타 다이키는 잠시 대답을 망설였다.

그리고 결심을 했는지 크게 크게 숨을 들이마시고 이렇게 말했다.

"엄마인데?"

그리고는 생각났다는 듯 손바닥을 짝 마주치더니──.

"엄마는 동안이니까!"

동안에도 정도가 있지!

그러자 아베노 카구야가 성대하게 한숨을 내쉬었다.

"저기, 모리시타?"

"왜요?"

"너, 우리가 라노벨 같다니 뭐라니 하는데…….."

"네."

"네 과거나 네 어머니나, 싹 다 해서 보면──."

"??"

"──네가 가장 라노벨이야."

모리시타 가의 거실은 8평 정도였다.

"그런데 모리시타?"

"왜요?"

"어머니께서 요리 잘한다고 하지 않았어?"

"그렇다니까요? 진짜 맛있다고요! 둘이 먹다 하나가 죽어도 모를 만큼 맛있어서 혀가 녹아내릴 것 같다니까요!"

나와 아베노 카구야는 서로 시선을 주고받았다.

그리고 부엌에서 요리하는 모리시타의 어머니에게 시선을 보냈다.

아까부터 부엌에서 보라색 수증기가 흘러오고 있다. 아베노 카구야도 불길한 기운을 감지한 모양이다.

"그런데 모리시타?"

"왜요?"

"어째서 식탁에…… 염산이 놓여 있는 걸까? 이해가 안 가는데."

모리시타네 식탁에는 소금 후추와 고춧가루, 간장과 '염산'이라 쓰인 병이 놓여 있었다.

"어? 아베노 선배네는 염산 안 쓰시나요? 우리 집은 산미가 부족하면 꼭 염산을 넣는데……."

나와 카구야는 다시 얼굴을 마주 보고, 말없이 고개를 끄떡였다.

보기에는 로리지만 실은 아주머니 캐릭터라는 건 라이트 노벨에서 흔한 설정이다.

그리고 요리를 못하는 캐릭터 역시 라이트 노벨의 단골 설정.

저쪽에서 흘러오는 보라색 수증기, 그리고 식탁에 자연스럽게 놓여 있는 염산…….

이 모든 것을 보았을 때, 답은 하나다.

그래, 이것은――.

케미컬 키친이다.

요리를 못하는 사람 중에서도 가장 위험하다. 맛없는 게 문제가 아니라 진짜 독극물을 내놓는다는 Extreme Dangerous Zone!

큰일이다.

너무너무 위험하다.

내 전율을 아는지 모르는지, 부엌에서 모리시타의 어머니가 우리가 있는 식탁까지 생글생글 웃으며 커다란 접시를 들고 왔다.

"여러분! 살인 야키소바가 완성되었어요~!"

지금 살인이라는 단어가 들렸는데, 아무래도 기분 탓이겠지?

충격적인 상황의 연속에 나는 할 말을 잃었다.

"엄마의 야키소바는 정말 맛있거든!"

모리시타 다이키는 생글생글 웃으며 커다란 접시에서 야키소바를 덜어내더니 단숨에 입에 넣었다.

"오, 엄마! 오늘은 신맛이 한층 더 강한데? 진짜 맛있어!"

"앗! 뭔지 알 것 같나요?"

"이 새콤함…… 황산이지?"

죽음의 맛이잖아!

아까부터 자꾸 과학실에서나 들을 단어들이…… 식탁에서 나올 대화가 아니야!

"정답~! 다이키는 소스를 바꿔도 금세 알아채서 엄마는 큰일이에요!"

"뭐, 17년 동안 먹었으니까! 그나저나 진짜 맛있네! 혀가 녹아내리겠어!"

진짜 녹고 있는 거 아냐?!

하지만 그런 것 치고는 모리시타가 너무 맛있게 먹고 있는데……아, 그냥 말장난인가?

그래, 아무리 그래도 신맛을 낸다고 진짜 염산이나 황산을 넣을 리가 없지. 어떻게 생각해도 미친 거잖아. 말도 안 되는 이야기라고.

아베노 카구야도 나와 같은 생각을 했는지 후후 웃었다.

"사람이 짓궂네, 모리시타. 농담이 너무 거창해."

그녀는 야키소바를 자신의 접시에 덜어 젓가락으로 면을 집어 입에 넣고——.

"푸학!!!!!!!"

갑자기 아베노 카구야가 입에서 세차게 면을 뿜으면서 식탁 아래로 쓰러지더니 심하게 기침하기 시작했다.

"혀가! 혀가 찌릿찌릿…… 따끔따끔—— 아니! 뜨거워……! 혀가 불탄다!"

역시 죽음의 맛이잖아!

물을 벌컥벌컥 마시며 거칠게 숨을 몰아쉬는 아베노 카구야를 아는지 모르는지, 모리시타의 어머니는 생글생글 웃는 얼굴로 부엌으로 사라졌다.

"모리시타, 이게 어떻게 된 일이야?"

"아, 신맛이 익숙하지 않은 사람은 이런 거 잘 못 먹던가?"

"그런 차원의 문제가 아니잖아?! 진짜 죽는 줄 알았어!"

아베노 카구야는 거의 이성을 잃고 있었다.

평소 그녀의 인상으로는 상상할 수 없는 반응이었다.

"괜찮아요. 새콤한 건 야키소바뿐이니까."

"정말이지?"

그리고 수십 초 뒤, 부엌에서 목소리가 들려왔다.

"여러분~ 매운 거 좋아하나요?"

9살 외모의 앞치마를 두른 분홍 머리 소녀…… 모리시타의 어머니가 식탁에 앉은 우리에게 물었다.

"……좋아해."

아베노 카구야가 크게 고개를 끄덕였다.

"나는 좀…… 매운 건 잘 못 먹어서……."

그러자 아베노 카구야가 히죽거리며 입꼬리를 올렸다.

"후후. 레이라 사카구치? 이탈리아에서 자랐으면서 매운 걸 못 먹어?"

"이탈리아는 상관없잖아!"

"후후, 그러면 표현을 바꿀까. 친구가 없는 레이라 사카구치는 매운 음식을 못 먹는 어린애야?"

"친구랑 상관없잖아!"

"후후, 그러면 표현을 바꿀까. 매운 음식을 못 먹는 레이라 사카구치는 어린애니까 가슴이 작구나."

"가슴도 상관없잖아! 너, 이때다 싶어 무리하게 내 험담을 늘어놓고 싶을 뿐이지?! 성질도 더럽기는!"

그때 모리시타의 어머니가 칠리 새우와 양상추를 담은 커다란 접시를 들고 왔다.

빛깔이 화사하니, 무척 맛있어 보였다.

"매운 걸 못 먹는 사람은 안 먹는 게 좋을 거예요~. 다른 요리도 있으니까."

그 말에 아베노 카구야는 나에게 의기양양한 미소를 지으며 칠리 새우를 자신의 그릇에 덜었다.

"후후, 이렇게 맛있어 보이는 칠리 새우를 먹지 못하다니, 정말 불쌍한 어린애 입맛이로구나."

그러며 그녀가 칠리 새우를 젓가락으로 집어 입에 넣더니——.

"푸학!!!!!!"

갑자기 아베노 카구야가 입에서 세차게 칠리 세우를 뿜으면서 식탁 아래로 쓰러지더니 심하게 기침하기 시작했다.

"뭐, 뭐야, 이 칠리 새우는……! 매운 정도가 아니잖아?!"

"데스 소스(병에 해골이 그려져 있다)를 세 병 넣었으니까~ 매운 걸 못 먹는 사람은 먹으면 안 돼요~."

그거 너무 매워서 장이 폭발한다는 그 소스지?!

"엄마의 칠리 새우는 별미거든. 역시 이 정도는 매워야지."

"그런데 여기 외국에서 온 친구는 뭐가 먹고 싶나요~?"

생글생글 웃으며 묻는 악마에게 나는 얌전히 대답했다.

"그, 매운 것도, 신맛도 그리 좋아하진 않다고나 할까……"

그러자 분홍 머리 소녀의 눈에 눈물이 촉촉하게 고였다.

"맛조차…… 봐주지 않는 건가요?"

당장이라도 울음을 터뜨릴 듯한 순진무구한 표정을 보니 이유 모를 죄악감이 솟아올랐다.

어쩔 수 없지. 딱 한 입만…….

나는 야키소바가 담긴 접시로 젓가락을 가져갔다.

그러자 아베노 카구야가 고개를 가로저었다.

"……야키소바를 먹을 생각이라면 그만둬."

"왜?"

"……황산이라잖아. 이미 음식이 아니라고."

"알고 있어."

"……너무 매워서 그렇지, 칠리 새우는 아직 음식의 영역에 있어. 매운 걸 못 먹는다고 해도 그게 게 나아."

"사카구치, 나도 야키소바는 초보자가 도전하기엔 좀 힘들 거라고 봐. 근데 엄마가 울려고 하니까…… 맛만 봐주라."

두 사람의 말에 나는 고개를 가로저었다.

"나는…………이야. 매운 걸 먹을 수가 없어."

"어? 뭐라고? 잘 못 들었어."

"그러니까 나는…………이라고. 매운 걸 먹을 수 없다니까!"

"어? 사카구치? 뭐라고? 잘 못 들었는데…….""

"그러니까 나는——."

나는 잠시 입을 다물었다.

그리고 크게 크게 숨을 들이마시고는 이렇게 말했다.

"치질이야!"

나의 절박한 커밍아웃을 들은 모리시타 다이키가 겸연쩍은 표정을 지었다.

모리시타의 어머니 역시 무어라 말할 수 없는 표정이었고, 아베노 카구야마저 얼굴에 '미안……'이라고 쓰여 있었다.

어색한 침묵이 흐르던 차에 모리시타의 어머니가 손바닥을 짝 마주쳤다.

"오늘은 다이키의 생일 파티니까, 슬슬 선물 증정 시간으로 넘어갈까요!"

모리시타의 어머니가 타박타박 부엌으로 들어가더니 반짝반짝한 꾸러미를 들고 왔다.

그리고 나의 등에는 식은땀이 흘렀다.

밥을 준다고 해서 어찌어찌 따라왔는데, 잘 생각해보니 생일 파티에 빈손으로 오다니 너무 뻔뻔했다.

큰일이다! 이대로 있다간 나는 치질인 데다 분위기도 파악하지 못하는 최악의 외국인이 될 거라고!

바티칸의 엘리트인 내가 극동의 섬나라 민족에게 예의 없는 사람이란 인식을 줄 수는 없어!

──하지만 지금 뭘 가지고 있는 것도 아닌데!

어떡하지, 어떡하지…… 하던 그때, 아베노 카구야가 작은 꾸러미를 식탁 위에 놓으며 한숨을 내쉬었다.

"이것은 나와 레이라 사카구치가 준비한 선물이야, 모리시타."

"어라? 사카구치도 내 생일을 미리 알고 있었어?"

"그, 그, 그거야 당연하지!"

뻔뻔한 대답을 늘어놓았지만 나는 내심 놀라고 있었다.

설마 아베노 카구야가 나를 도와줄 줄이야.

피도 눈물도 없는 냉혈한이라고 생각했는데……. 아무튼 망신을 당하지 않게 된 것은 이 여자 덕분이다.

결과적으로 아베노 카구야에게 빚이 생기고 말았다.

사이드: 모리시타 다이키

"그럼 여러분, 저와 같이 셋이 목욕하러 가요!"

엄마의 말에 사카구치가 놀란 소리를 냈다.

"목욕?! 어째서?!"

"밥을 먹은 뒤에는 씻는다! 우리 집 가훈이에요!"

그러자 사카구치가 아베노 선배에게 시선을 보냈다.

"어떡할래? 아베노 카구야?"

"괜찮지 않아? 모처럼이니…… 같이 씻자."

"뭐……?! 진짜로?! 남의 집에서 갑자기?!"

"그게 중요한 거잖아. 그냥 아는 사이는 불가능한 최고의 프렌들리 이벤트라고."

프렌들리 이벤트가 뭔데…….

나는 어이가 없었다.

"나는 사양할게."

그러자 선배가 사카구치를 도발하기 시작했다.

"어머나? 작은 가슴을 보이는 게 비참해서 싫은 걸까?"

"자꾸 가슴 이야기할래?! 다음에 또 말하면 죽인다?!"

"그래서 어떡할래? 할 거야? 말 거야? 적을 앞에 두고 도망칠 셈?"

"그래! 어디 해보자! 나의 예술적인 슬림 보디 앞에 무릎을 꿇으라고!"

옥신각신.

뭐야, 이 녀석들⋯⋯.

나는 골치가 아팠다.

결국, 세 사람은 함께 목욕하기로 했다.

탈의실 문을 닫기 전에 사카구치가 나를 노려보며 말했다.

"엿보면 죽일 테니까!"

너희 알몸 따위는 관심 없어⋯⋯.

나는 더욱 어이가 없었다.

"어머나! 아베노 양은 검은 속옷이군요! 섹시해요!"

탈의실 소리가 거실까지 들려왔다. 사실 욕실이 거실 바로 옆이라 웬만한 소리는 다 들린다.

딱히 듣고 싶지도 않지만, 그렇다고 귀를 막고 있긴 귀찮고.

"어머니는 물방울 팬티네. 무척 귀여워."

아니, 아베노 선배는 왜 우리 엄마에게 반말인 거야?

상관없지만.

"어머나? 친구가 없는 레이라 사카구치는 줄무늬 팬티야?"

"시끄러워! 귀여운 게 최고야!"

"어디, 슬슬 속옷도 벗을까."

"아베노 카구야, 너⋯⋯."

"왜?"

"털이 엄청나네⋯⋯."

그러고 보니 전에 통화하며 그런 이야기를 했던가.

"그래, 난 강모야. 그게 왜?"

그리곤 갑자기 아베노 선배의 웃음소리가 들려왔다.

"큭⋯⋯ 아하하! 아하하하하하! 얘, 레이라 사카구치?!"

"뭐, 뭐, 뭐야?!"

"너—— 열여섯 살이나 되어서 털이 안 난 거니?! 하하! 열여섯 살에 민둥⋯⋯ 하하하! 아하하하하하하!"

"잠깐만, 너 너무 웃는 거 아냐?! 안 나는 건 어쩔 수 없잖아!"

미안, 사카구치. 나도 조금 웃었다.

열여섯 살에 털이 없다니⋯⋯ 사카구치도 역시 힘든 길을 걷고 있구나.

"아아, 이건 생각도 못 했어. 이렇게 웃어보기는 처음이야."

"그렇게 따지자면 여기 애를 둘이나 낳았는데도 아직 한 가닥도 없을 것 같은 사람이 있—**어?! 어어어어?!**"

"왜 그래, 레이라 사카구치? ⋯⋯ **꺄아아아아악!!!!!!!**"

아베노 선배의 비명이 들렸다.

아니, 아베노 선배가 비명을 지르다니 보통 일이 아닌데?!

무슨 일이 일어난 거지⋯⋯?

나는 두근거리며 귀를 쫑긋 세웠으나, 그 뒤로 세 사람은 전혀 입을 열지 않았는지 그저 물소리만 들릴 뿐이었다.

——비명이 들리고 15분 후.

목욕을 마친 아베노 선배와 레이라 사카구치가 거실로 돌아왔다.

무슨 일이 있었는지, 사카구치는 창백해진 얼굴로 침묵을 지키고 있었다.

그러자 아베노 선배가 조용히 다가와 나의 어깨를 톡 두드렸다.

"너희 엄마…… 대단해."

"뭐가요?"

"라ㅇ우를 넘어서…… 카이ㅇ…… 아니…… 북ㅇ신권 창시자도 맨발로 도망칠 수준이었어……."

아아.

뭐, 우리 엄마는…… 굉장히 무성하니까.

——그런 식으로 생일 파티가 끝났다.

사이드: 모리시타 다이키

이튿날 점심.

학교 정원에서 샌드위치를 먹던 나에게 안경을 쓴 반장—— 무라야마 토우카가 찾아왔다.

여전히 거대한 G컵 가슴과 신장 157cm 몸무게 51kg의 글래머

러스한 몸매였다.

"저기…… 모리시타?"

"응? 무슨 일이야, 반장?"

"……이거."

그러며 반장이 나에게 작은 꾸러미를 내밀었다.

"이게 뭐야?"

"도시락. 모리시타를 위해 만들어왔어."

어? 어? 어?

이게 어떻게 된 일이지?

"도시락이라니…… 왜?"

"전에 도와주었잖아. 그 보답이야. 열심히 만들었으니 맛있을 거야."

"그러고 보니 내가 반장이 당할 뻔한 걸 구해줬구나."

"응. 그러니 그 보답이야."

"…………."

영 실감이 솟지 않던 나는 머리를 억지로 굴려 이게 무슨 의미인지 분석했다.

그리고──.

우오오오오오오!

나는 북받치는 감정을 온몸으로 드러내고 말았다.

그렇다.

나의 세 가지 인생 목표 중 하나인 가슴이 풍만한 여자에게 직접 만든 도시락을 받는 것이 달성되었기 때문이다.

참고로 아베노 선배에게 받은 수제 도시락은 선배가 너무 유감스러워서 숫자로 치지 않았다.

아무튼 반장의 성의가 기뻤다.

"고마워, 반장."

"참, 모리시타?"

"응? 왜?"

"이번 일요일에…… 시간 있어?"

"딱히 약속은 없는데, 왜?"

"저기, 있잖아?"

"응?"

"데이트…… 하지 않을래?"

오?

……오?

──오오오오오오오오오오?!

이게 대체 무슨 일인가 싶어 나는 볼을 꼬집어 보았다.

응, 너무 아프다. 즉, 꿈이 아니다.

"데이트라니…… 남녀가 하는 그 데이트?"

"응. 맞아."

"갑자기 왜?"

"저기, 있잖아?"

"……응?"

"범인을 해치웠을 때의 모리시타가── 멋있어서……."

신난다아아아아아아아아아아아아아아아!

결국 왔다!

드디어 왔다!

절개를 지킨 지 19년.

이세계에서 사람을 구하며 다닌 것이 3년── 끝내는 세계마저 구했다.

늘 이상하다고 생각했다. 용사는 보통 인기가 많은 게 정석이 건만, 나는 결국 3년 내내 동정이었다.

하지만 드디어, 드디어 모든 것을 보답받았다. 이제야 나는 정 당한 평가를 받을 수 있게 되었다.

그렇다. 마침내 나에게도 인기 있는 시기가 찾아온 것이다!

사이드: 아베노 카구야

구미호 부활이 사흘 앞으로 다가왔다.

오늘부터 이틀간은 요마가 가장 활발하게 돌아다니는 기간이 므로 우리도 이틀간 연속으로 사냥을 나가야 한다.

저번에 다른 후보를 제치고 단독 선두가 된 이후, 사실상 제물 이야기는 나랑 상관없는 일이 되어버렸다. 설렁설렁해도 문제없 을 만큼.

덕분에 산 제물 유력 후보는 나에게 시비를 걸던 유이 언니가 되었다.

그러나 사냥을 시작하기 전, 그녀가 자신만만한 미소를 지으며 나에게 이렇게 말했다.

"오늘과 내일은 요마가 특히 많을 텐데, 네가 지금 선두라고 해도 이틀간 소득이 없다면 과연 그 자리를 지킬 수 있을까?"

"그럴 리가 없잖아? 실력만 봐도 누가 가장 뛰어난지 알 텐데?"

그러자 유이 언니가 코웃음 쳤다.

"모난 돌이 정 맞는다는 말 알아? 세상은 실력만으로 굴러가는 게 아니라고?"

이때는 무슨 말인지 알아듣지 못했으나, 머지않아 나는 그 의미를 통감했다.

결론부터 말하자면 나는 이날, 요마를 단 한 마리도 사냥하지 못했다.

"설마 사성수의 진을 쓸 줄이야……."

언니들은 사냥을 시작하자마자 나를 중심으로 각각 동서남북으로 둘러싸 약화 술식을 사용했다. 그리고 요마를 발견하면 가까운 사람이 먼저 가서 사냥했다.

사성수의 진을 뚫고 언니들을 추월하지 않는 이상은 색적 스킬이 있어도 사냥할 방법이 없었다. 모리시타라면 가능할지도 모르지만, 나에게는 불가능한 재주였다.

요마를 발견해 달려가더라도 날 둘러싸고 있는 언니들보다 먼저 도착할 방법이 없었다.

그리고 그 결과가 이 꼴이었다.

나의 적은 요마만이 아니었다.

4대 1.

압도적으로 불리하다.

하지만 제일 충격이었던 건, 친언니마저 그들의 편을 들었다는 거였다.

나는 결국 두 손 다 들 수밖에 없었다.

"당했네. 완패야. 설마 넷이서 날 죽이려 들 줄은……."

이틀 후.

나는 학교에서 돌아오자마자 모리시타에게 전화를 걸었다.

"무슨 일이에요, 선배?"

"묻고 싶은 게 있어서."

"뭔데요?"

"저기, 모리시타?"

"네?"

"우리 관계는…… 뭐야?"

"문자 친구잖아요?"

나는 살짝 심호흡했다.

"문자 친구가…… 뭔데?"

"문자를 주고받는 정도의 친구 아닙니까?"

"문자를 주고받을 뿐……인가…….."

"왜요?"

나는 조심스럽게 본론을 꺼냈다.

"내일 말인데……."

구미호가 부활하는 날이다.

현재 나의 순위는 꼴찌였으므로, 자칫 제삿날이 될지도 모르는 날이었다.

하지만…….

상식을 초월한 모리시타라면 신이라고 불리는 구미호라도 싸울 수 있지 않을까 하는 생각이 들었다.

"내일? 일요일이요?"

"나를 위해 시간…… 좀 내줄래? 이러면 부담스러운가?"

전화 너머로 무언가를 생각하며 모리시타가 한숨을 내쉬었다.

"그날은 일이 있어서 안 되겠는데요."

"무슨 일인데?"

"같은 반 여자애와 영화를 보러 가기로 했거든요."

여자…… 데이트일까?

그렇게 생각한 순간, 무슨 까닭인지 나의 가슴이 아팠다.

이상하다. 딱히 건강을 해칠 만한 일도 없고, 지병이 있는 것도 아닌데…… 부정맥?

뭐, 어쨌든.

"……그렇구나. 그 사람은 네 친구야?"

"아마 그렇지 않을까요?"

"문자 친구가 아니라…… 친구란 말이지?"

"네, 그렇겠네요. 뭐, 같은 반 친구니까."

"그럼 그 친구의 약속이 내 부탁보다 우선이겠네?"

"그렇겠죠. 선약이니까."

"문자 친구가 아니라…… 그냥 친구인 거지?"

"네."

"……………알겠어."

"아니 잠깐, 일요일에 무슨 일이 있는데요?"

"아무것도 아니야. 한가해서 너를 알몸으로 만들어…… 항문에 꽂꽂이하려고 했을 뿐이야."

"큰일 날 소릴?!"

나는 허세를 부리며 억지로 킥킥 웃으며――.

"――그럼 안녕."

하고 전화를 끊었다.

그대로 나는 천장을 올려다보았다.

――내가 소중히 하고 싶은 사람.

――아니, 나를 소중하게 여겨주기를 바라는 사람에게…… 위험을 무릅쓰고 나를 구해달라고 할 만큼 염치없이 굴 수는 없었다.

――아니, 그것도 아니다. 나와 그는 어디까지나 대등한 관계다.

나를 위해 목숨을 걸라고는 할 수 없었다.

그렇다면.

나는 방구석에 걸려있는 일본도를 집어 들었다.

칼집에서 칼을 뽑자 황홀한 물결무늬가 반짝였다.

"비젠 오사후네……."

나는 칼날을 한번 쓱 바라보고 고개를 가로저었다.

희대의 검이라 부를만한 물건이지만—— 구미호에게는 통하지 않으리라.

"하아……. 사면초가네."

일요일 저녁.

산속에 난 길고 긴 돌계단을 올라가면 넓은—— 허름한 신사가 하나 있다.

말할 것도 없이 구미호가 있는 곳이다. 계단 끝이 곧 녀석의 세력권이다.

나는 사지로 향하기 위해 소복을 입고, 비젠 오사후네를 찬 뒤, 있는 대로 부적을 모아 품에 넣고는 한숨을 내쉬었다.

"사쿠야, 안타까운 결과가 나오고 말았네…… 이건 내가 주는 작별 선물이야."

언니는 그렇게 말하며 나에게 알약이 담긴 병을 건넸다.

"고문을 당하고, 능욕당하고, 산 채로 먹히는 등…… 힘든 일이 일어날 거야. 이건 코카인이야. 자살은 금지지만, 진통제를 먹지 말란 말은 없으니까. 힘내."

나는 병을 받아 아무 말 없이 바닥에 던져버렸다.

"카구야⋯⋯?"

"쫑알거리지 마. 착한 척하지도 마. 먼저 자매의 연을 끊은 사람은 언니⋯⋯ 아니, 사쿠야 씨잖아요. 마지막이 되어서야── 동생을 배려하며 면죄부라도 받을 생각입니까? 구역질이 나는군요."

사쿠야는 내가 얼굴을 향해 뱉은 침을 피하며 후훗 웃었다.

자매답게 그 표정이 무서울 만큼 나와 쏙 빼닮았다.

"정말 자매구나. 많이 닮았어. 나도 카구야에게 같은 짓을 당했다면 똑같이 행동했을 테니까."

"무슨 생각이야?"

그러자 사쿠야가 추악한 웃음을 흘렸다.

"네가 나보다 잘났기 때문이지. 유산으로 싸우는 건 싫거든."

너무나 하찮은 이유에 나는 입을 다물지 못했다.

나는 지푸라기라도 잡는 심정으로 사쿠야의 옆에 선 수염 난 남자── 아버님에게 시선을 보냈다.

"아버님, 이 모든 일을 알고 계셨습니까?"

아버님은 천천히 고개를 끄덕였다.

"정치력도 포함하여 산 제물 선정 의식을 행하는 거다. 그리고 너는 유이에게 당했다⋯⋯ 단지 그것뿐이야."

"그러나 이것은 아슬아슬하게 탈법⋯⋯ 아니, 엄밀하게 말하면 규칙 위반이죠. 그런데 유이 언니는 본가의 더 높은 조직의 후계자 아들과 혼약을 했다고 하더군요. 결국── 그런 거입니까?"

"…………."

이번 선정 의식의 심사위원장은 아버님이었다.

이만큼 대놓고 훼방을 놓으면 제재를 했어야 마땅했다.

그러나 제제 따윈 있지도 않았다.

정치력이라고 말하면 그걸로 끝일지도 모른다. 아니 그것까지 포함해서 정치력이라고 한다면 패배는 처음부터 정해져 있던 거나 마찬가지다.

깊고, 깊은── 한숨.

"17년 동안 신세 졌습니다. 아버님."

"운이 나빴구나. 카구야."

"네, 정말로."

아버님의 뺨을 후려치고 싶은 감정이 훅 밀려들었으나 나는 얌전히 돌아섰다.

나는 길고 긴 돌계단을 오르기 시작했다.

중간에 나는 주머니에서 휴대전화를 꺼냈다.

그리고 잠시 멈춰 서서 모리시타에게 문자를 보냈다.

『짧은 기간이었지만 즐거웠어. 혹시 다시 태어나 또 만날 수 있다면 다음에는 평범한 문자 친구가 아니라 너의 진짜 친구가 되면 좋겠어. 고마워. 그리고── 잘 있어.』

문자를 치고 있자니 눈물이 흘러나왔다.

메시지를 보내자마자 나는 그대로 휴대전화를 던져 버리고, 발

181

로 힘껏 짓밟았다. 부서진 부품이 발아래 흩어졌다.

이걸로 바깥 세계와 나를 이어주는 모든 것이 사라졌다.

계단 끝에 이르자 무너져가는 신사가 보였다.

그와 동시에 흙거미 두 마리가 나타났다.

구미호 놈은 저 흙거미 두 마리로 내 힘을 빼고 난 뒤에 가지고 놀 생각인 모양이다.

무리시타 덕분에 실력을 끌어올렸다고 해도, 나 혼자서는 흙거미 한 마리 상대하는 게 고작이다. 두 마리가 동시에 달려들면 2분이나 버틸 수 있을지 어떨지.

그러나 나는 순순히 끝낼 생각은 없다.

나는 검을 빼 들며 도리이 옆에 기대있던 금발 소녀에게 말을 걸었다.

"레이라 사카구치? 왜 여기에?"

창── 롱기누스 레플리카를 손에 든 소녀.

과하게 짧은 치마가 붙은 비키니 아머.

그리고 마장천사의 상징인 마장── 새하얀 날개.

레이라 사카구치가 어깨를 으쓱했다.

"전 세계의 괴물을 퇴치하는 게 내 사명이라."

"잔챙이만 쫓아다니는 게 아니었나?"

"나라도 혼자서 구미호를 잡을 순 없어. 다만 흙거미 정도라면 해볼 만하지."

"저번에 흙거미 상대로 처참하게 깨지지 않았던가?"

"아직 빚을 갚지도 못했는데 멋대로 죽어버리면 곤란하거든."

"……빚?"

"모리시타 다이키의 생일 말이야. 덕분에 망신을 당하지 않았으니까."

나는 김이 빠져 무심코 웃고 말았다.

이 여자는 그런 걸로 목숨을 걸 수 있는 모양이다.

아니, 그 정도로 양보할 수 없는 프라이드가 있기에── 마장천사 도미니온즈인가.

"그리고 쓸데없는 참견일지도 모르지만, 모리시타 다이키에게도 이미 다 말해버렸어. 그가 어디까지 할 수 있을지는 모르지만, 나는 내가 버티는 한── 그가 올 때까지 너를 도울 테니까. 바꿔 말하면 위험해진 순간 도망치겠단 소리지만. 이건 내가 정한 나의 법리에 따른 결정사항이야. 저세상까지는 빚을 갚으러 갈 수 없으니까."

나의 가슴이 욱신거렸다.

"……답장은 받았어?"

"여기 오기 직전에 메시지를 보내고, 바로 전파가 권외가 되었으니 답장은 못 받았지."

여긴 우리가 사는 마을에서 200km 이상 떨어진 곳이다.

그가 무슨 수를 써도, 제때 맞출 수는 없으리라.

눈앞 30m.

내가 흙거미를 노려보자 흙 속에서 온갖 요괴가 수십 마리 튀어나왔다.

레이라 사카구치가 나의 등 뒤로 돌아갔다.

우리는 서로 등을 맞대고 섰다.

전장 밖에서도, 전장에서도 항상 레이라 사카구치는 성가신 방해꾼일 뿐이었다.

하지만 반대로 이만큼 믿음직한 사람도 좀처럼 없을 것이다.

나를 함정에 빠뜨린 무녀 네 명이 한 번에 덤벼도…… 이길지도 모른다.

과연 바티칸의 특무부대라고나 할까.

"설마 동방의 무녀와 함께 싸우게 될 줄이야…… 꿈에도 몰랐는데."

나는 피식 웃으며 뒤에 있는 레이라 사카구치에게 말했다.

"그건 내가 할 말이야."

나와 레이라 사카구치는 주위의 요괴를 노려보았다.

"──시작해볼까, 요괴 퇴치."

일요일 오후, 영화를 본 나와 반장은 카페의 테라스 자리에서 커피를 마시고 있었다.

"영화 재미있었지, 모리시타."

"응, 하지만 설마 반장이 호러를 좋아할 줄이야."

"하하. 자주 들어. 그런데 모리시타? 왜 내가 오늘 만나자고 했는지 알아?"

"응? 모르겠는데."

"……사카가미."

눈을 내리까는 반장의 모습에 나는 대충 감이 왔다.

"야구부 주장이 뭘 저질렀나."

"양다리를 걸쳤거든. 아직 사귀고는 있지만……."

"남자친구가 있는데 나와 데이트를 해도 되는 거야?"

"……이제 헤어지기 직전이야. 저기, 모리시타? 나…… 외로워."

흐음.

그런 일로 남녀 사이가 복잡하던 차에 인질극이 일어난 건가.

그때 나의 스마트폰이 울렸다. 사카구치였다.

『긴급 사태! 지금 당장 읽지 않으면 반드시 죽일 테니까!』라고 쓰여 있었다.

내용을 눈으로 빠르게 읽은 나는 한숨을 내쉬었다.

아베노 선배…… 그 바보가…… 내가 걱정할까 봐 진실을 덮어 놓고 있었던 거냐.

나는 일어나 목을 뚝뚝 울렸다.

"모리시타?"

"미안해, 반장, 나…… 잠깐 가봐야겠어."

그때 다시 스마트폰이 한 번 더 울렸다. 아베노 선배가 보낸 작별의 메시지였다.

"……아베노 선배야?"

"응."

"정말 예쁘지, 그 사람. 그러고 보니 전에…… 모리시타…… 같이 도시락을 먹었지? 저기, 모리시타, 알고 있어? 난 질투쟁이야."

"질투쟁이?"

"응. 남보다 질투가 심해. 만약 나와 앞으로…… 더욱 친해진다면 나는 아베노 선배의 번호도 지우게 할 거야."

"…………."

"물론 지금도…… 다른 여자가 있는 곳에…… 보내줄 수 없어."

"미안해. 반장, 나는── 가지 않으면 안 되거든."

"내가…… 싫어?"

"그건 아니야."

그러자 반장이 슬픈 얼굴로 고개를 가로저었다.

"내가 그렇게 이상한 말을 했어?"

"아니. 오히려 미래와 진지하게 마주 보고 있다면 타당한 말이겠지."

"그런데 왜 가려는 거야? 난…… 주장이 양다리를 걸치는 바람에…… 서운한 거라고. 슬프단 말이야."

"……미안해."

반장이 울먹이며 애원하는 듯 날 쳐다봤다.

"그냥 솔직히 말해서 지금이라면…… 모리시타라면…… 간단히 넘어갈 거야. 이렇게 날 간단히 함락시키는 건…… 거의 불가능한 일이라고?"

"……미안해, 반장."

"여자가 이렇게까지 말하는데도 다른 여자에게 갈 거야?"

"미안해."

내가 생각해도 바보 같다고 생각하며 나는 어깨를 으쓱하고 한숨을 내쉬었다.

앞으로 반장과는 인연이 없겠구나⋯⋯ 나는 입술을 깨물며 스킬을 발동시켰다.

[스킬: 색적이 발동되었습니다.]

[스킬: 이동속도 증가가 발동되었습니다.]

[스킬: 신체능력 강화가 발동되었습니다.]

그렇게 나는 소리보다 빠른 속도로 전속력을 내어 북동쪽을 향해 달려갔다.

"이제⋯⋯."

"슬슬 끝이 가까운 것 같은데."

허름한 신사 경내는 엄청난 수의 요마 사체로 빼곡했다.

바닥에 쓰러진 흙거미 두 마리에 잡다한 요마가 3백쯤.

그런데도 요마는 끝없이 나타났다.

둘러보니 흙거미 네 마리와 흙거미보다 강한⋯⋯ 우귀(牛鬼)가 하나 보였다.

"레이라 사카구치, 이제 됐어."

"⋯⋯되긴 무슨. 난 아직 할 수 있어!"

"물러나! 이만큼 해줬으면⋯⋯ 이제 충분해! 부탁이니까⋯⋯

물러날 때를…… 놓치지 마!"

"나는 아직 할 수 있다고 했잖아!"

나는 온몸에 열상을 입어 소복이 모두 새빨갛게 물들었다.

오른쪽 옆구리와 왼발은 골절. 그리고 오른쪽 어깨는 아마 복합골절이 아닐까.

나의 뒤에서 숨을 헐떡이고 있는 레이라 사카구치의 상처는 더욱 심했다.

왼쪽 손가락이 몇 개가 날아갔고, 오른발은 관통상으로 가득했다. 온몸이 그야말로 피투성이였다.

그러나 그녀는 신의 가호가 있으니, 죽지만 않으면 어떤 상처든 48시간 안에 완벽하게 회복할 수 있다.

──그래서인지 공격에 집중하는 만큼 방어가 허술했지만.

그러나 아무리 도미니온즈라고 해도 체력이 무한히 샘솟는 건 아니다. 그녀도 이미 한계에 달하고 있었다.

"이만하면…… 됐어. 더 이상 나 때문에 다치지 마. 괜찮아. 이제…… 충분해."

"극동의 섬나라에서…… 바보 취급을 당할 수는 없어! 모든 영장 한계 해제! 성유물의 사용을── 해금한다! 이것은 내가 정한 나의 법리에 따른 결정사항! 지금 한 번만── 바티칸이 정한 금지사항을 깨뜨리겠어!"

무심코 뒤를 돌아본 나는 경악하여 눈을 크게 떴다.

그녀의 롱기누스가 무지갯빛으로 빛나더니── 백은색 창이

189

진홍색으로 모습을 바꿨다.

이거 설마, 레플리카가 아니라 진짜……?

"너…… 성유물의 소유자야?"

"…………."

레이라 사카구치는 나의 질문에 대답하지 않았다.

도미니온즈는 엘리트 특무부대라고는 하지만, 그래봤자 장비는 양산형이다.

성유물은 아무나 들고 있는 게 아니다. 아니, 고작 혼자서 극동으로 파견되었으니 그녀 또한 사정이 있다는 말인가…….

"모든 영장── 오버 드라이브! 이 자리에서 모든 괴물을── 죽여버리겠어!"

그녀의 갑옷이 눈부신 금색으로 빛나더니, 곧 앞으로 달려나갔다.

──그야말로 질풍 같은 속도.

순식간에 모든 흙거미가 창에 꿰뚫려 쓰러졌다.

그녀는 멈추지 않고 크게 뛰어올랐다.

"오오오오오오오오오!"

바로 우귀를 향하여.

그녀가 그 이마에 롱기누스의 창을 찌르려는 순간, 우귀가 먼저 그녀를 후려쳐 날려버렸다.

"제길…… 이따위 놈에게……!"

그녀는 20m 지면을 굴러 곧장 일어났으나, 우귀는 이미 그녀의 눈앞까지 다가간 뒤였다.

성유물은 우귀조차 쓰러트릴 만한 위력을 가지고 있지만, 이미 그녀는 만신창이다. 그만한 힘이 없다.

"설마 성유물을 받은 내가 극동의 이런 곳에서 끝날…… 줄이 야……."

처음에 우귀에게 머리를 맞은 것이 가장 치명적이었다.

아마 지금 앞도 똑바로 보이지 않는 상태이리라. 다리의 힘도 완전히 풀려서 요격도 후퇴도 불가능.

우귀가 다음 일격을 날리려고 하자, 레이라 사카구치는 창을 내려놓고 가슴 앞에서 성호를 그었고——.

"화염술: 극옥염(極獄炎)—— 연식."

나는 부적을 두 장 꺼내 우귀에게 던졌다.

내가 가진 가장 강력한 기술이며, 우귀에게 통하는 유일한 공격이다. 다른 기술은 통하지 않는다.

모리시타의 표현을 빌리자면 전체 MP의 3분의 1을 쓰는 술식이며, 내가 쓸 수 있는 마지막 부적술이었다.

지옥의 불꽃 두 덩어리가 우귀를 감싸며 폭발했다.

고막이 찢어질 듯한 굉음이 지나고——.

——온몸에 연기를 풀풀 내며 우귀가 이쪽을 향하더니 순식간에 눈앞까지 다가와 히죽거렸다.

"내가 가진 최강의 공격……도 소용이 없나."

우귀가 나를 향해 공격하려고 손을 쳐들었다.

"하지만 진짜 최강의 공격 수단은 내가 아니야. 미안하게 됐네,

소머리 양반."

나의 말에 우귀는 뒤를 돌아보고는 경악했다.

롱기누스── 성유물을 손에 들고 새하얀 날개를 펄럭이며 금색으로 빛나는 마장천사가 맹렬한 속도로 이쪽을 향해 돌격하고 있었기 때문이다.

"간다아아아아아아아아아아아아아아아아아아!"

롱기누스의 일격이 우귀의 심장을 꿰뚫자, 우귀는 그 자리에 쿵 쓰러졌다.

나와 레이라 사카구치는 서로 오른손을 높이 들었다.

"너…… 잘 싸우네."

"……네가 제때 일어설 수 있을지…… 간담이 서늘했어."

우리는 손바닥을 짝 부딪치며 하이파이브를 했다.

이 자리에 있던 요마는 모두 쓰러뜨렸다. 그러나 앞으로도 요마는 계속 나타날 것이다.

그러나 나의 MP는 고갈되었고, 레이라 사카구치도 한계다.

"이제 정말 물러날 때라고?"

"물러날 때? 그건 내가 정할 일이야!"

내가 피식 웃으려던 그때, 레이라 사카구치가 나가떨어졌다.

──딱밤?

알 수 없었다. 압도적인 존재감이 압박감을 뿜어내며 온몸의 털이 곤두서고 토가 올라왔다. 무슨 일이 일어났는지 보고 있을 때가 아니었다.

"……오버…… 드라이브를…… 한방에……?"

사카구치는 뭔지 모를 공격에 튕겨 날아가 천년 된 삼나무에 부딪혀 커다란 균열을 내며── 기절했다.

"이거 장관이로구나. 아니── 대단하구나, 인간이여."

젊은 외모의 긴 은발 미남.

은색과 빨간색이 들어간 신주 복장에 아홉 개의 여우 꼬리.

칼과 같은 날카로운 인상을 주는 잘생긴 남자가 껄껄 웃었다.

"흙거미는 물론 우귀까지 물리쳤는가. 이 시대의 인간치고는 잘 해냈다. 칭찬해주마. 좋은 구경거리였구나. 나 또한 손에 땀을 쥐고 보았느니라."

다리의 떨림이 멈추지 않았다.

지금껏 싸워왔기에 잘 알 수 있었다. 아니, 어중간한 힘을 갖고 있기에 오히려 격의 차이가 뼈저리게 느껴졌다.

사마귀가 호랑이와 대치한다면 어떻게 대적할 수 있을까.

──이것이 대요괴. 아니, 신인가.

덜덜 떨리는 다리를 억누르며 나는 한껏 허세를 부렸다.

"당신이 구미호? 허접한 요괴를 이끌고 골목대장 행세라니, 실력이 뻔하네."

그 말에 구미호가 킁킁 웃었다.

"다리가 떨리고 있지 않느냐, 인간이여."

꿰뚫어 보고 있다── 나는 입술을 깨물었다.

"그러나 그대들의 싸움은 나도 숨을 죽였느니라. 늘 하던 대로

193

요괴들에게 사흘 밤낮으로 농락한 뒤 먹으려고 하였으나 마음이 달라졌다."

"마음이 달라졌다고?"

"그대와 같은 자는 치욕으로는 굴하지 않지. 따라서── '고통'으로 오랜만의 구경거리에 감사를 표하기로 했다."

"⋯⋯고통?"

"조금씩, 조금씩 먹어주마. 가죽을 벗기고, 죽지 않도록 섬세하게 내장을 뽑아가며. 그래⋯⋯ 티끌처럼 잘게 다져보는 것도 즐겁겠구나."

나는 핏기가 가시는 것이 느껴졌다.

그 자리에 주저앉지 않으려고 필사적으로 버텼다.

"⋯⋯⋯⋯⋯."

"후후, 그리 두려워하지 않아도 되느니라. 아름다운 목소리로 울부짖으면⋯⋯ 다소 온정을 베풀어주지."

내 뺨을 타고 눈물이 흘러내렸다.

언니에 대한 원한.

아버님에 대한 원한.

──그리고 내 무력함.

수많은 감정이 뒤섞여⋯⋯ 알 수 없는 것이 되었다.

"흐음. 이거 흥이 깨지는구나. 고작 위협으로 눈물을 흘리는 게냐."

구미호가 어깨를 으쓱하고 나를 향해 걸음을 옮겼다.

"역시 작은 요괴를 소환하여 치욕부터 시작할까. 헌데 그대는 처녀인가?"

"……그래."

"그 녀석들은 그것도 작다. 다행이로구나. 가장 첫 고통도 적을 테니?"

몸이 떨리며 분함과 분노, 공포로 눈물이 멎지 않았다.

나를 위해 몸을 날려준 레이라 사카구치 역시 지금은 나와 마찬가지로 독 안에 든 쥐 신세다.

아마 그녀 또한 나와 같은 운명을 맞게 될 것이다.

어째서…… 어째서 나는 이렇게 무력할까.

시야가 눈물로 완전히 가려져 아무것도 보이지 않게 되었을 때, 갑자기 강력한 질풍이 덮쳐왔다.

"푸깃?! 풉…… 샤아아아아아아아아아아아아아악?!!!!!!!"

바람에 견디지 못한 구미호가 괴상한 소리를 지르며 날아가더니 2천 년 된 신목을 꺾고도 멈추질 않아 계속 굴렀다.

데굴데굴데굴데굴데굴데굴.

구미호는 나무를 볼링 핀처럼 쓰러뜨리며 수십 미터를 더 구른 끝에 멈췄다.

"모리시타……?"

파카에 청바지 차림의 소년 한 손에 쇠 방망이를 들고 서 있었다.

"홈런~. 과연 성검 엑스칼리버야. 현대에 맞게 모습을 바꿔도 성능은 훌륭하군."

"모리시타? 너…… 어, 어, 어째서 왔어?!"

195

"어째서라니…… 아베노 선배를 구하는 데 이유가 있습니까?"

"하지만 너……."

"이미 사카구치에게 자초지종은 다 들었습니다. 저는 화가 나 있다고요."

"……왜……?"

"온몸이 피투성이가 되어 엉망이지 않습니까. 떨고 있지 않습니까. 그리고―― 울고 있지 않습니까."

"…………."

"어째서 저에게…… 말해주지 않았습니까? 왜 그러셨죠? 이제 저를 휘두르는 건 그만두시죠."

"나는 그저 문자 친구고……."

"선배?"

"……왜?"

"그건 저도 잘못했을지도 모릅니다. 그야 농담으로 그냥 문자 친구라고 말한 것도 있다고요? 그래도 말이죠?"

"…………."

"저희는 이제 남이 아니지 않습니까. 누가 어떻게 보아도―― 친구 아닌가요. 아니, 적어도 저는 그렇게 생각하는데요. 그리고 저는 제 부모님에게 친구를 구하는 데 이유가 필요한 쓰레기가 되라고 배운 기억은 없습니다."

"뭐……?"

"이제 두려워하지 않아도 됩니다. 떨지 않아도 됩니다. ――울

지 않아도 됩니다."

모리시타는 비틀거리며 일어나는 구미호를 노려보았다.

"네 놈이냐? 아베노 선배를…… 고집쟁이에…… 누구에게도 약점을 보이지 않는…… 센 척할 뿐인…… 단지 그것뿐인…… 울보에…… 사실은 어디에나 있는 평범한 열일곱 살 여자애를 울린 게…… 네 놈이냐!"

그러며 모리시타가 어둑해지는 하늘을 향해 포효했다.

"어이! 여우 자식! 실컷 제멋대로 굴었겠다! 이 사람에게는 이 제…… 내가! 모리시타 다이키가── 모든 것을 걸고 이 이상 손 끝 하나 건드리지 못하게 하겠다!"

사이드: 모리시타 다이키

바닥에 쓰러져있던 홍백의 신주 의상을 입은 꼬리가 아홉 개 달린 미남이 일어났다.

맞은 곳이 아팠는지 약간 얼굴을 찡그리고 있지만, 아직 체력이 남아있는 모양이다.

"대단한데……."

나는 감탄했다.

현대식으로 의태…… 아니, 크게 약화했다고는 해도, 엑스칼리

버로 있는 힘껏 배를 후려쳤는데 죽기는커녕 일어나고 있다. 살짝 숨이 거칠어졌을 뿐이었다.

──과연 신수. 사람들이 신이라고 부를 만도 했다.

나는 쇠 방망이를 양손으로 들고 상대의 눈을 노리도록 자세를 취했다.

구미호가 천천히 배를 어루만지며 이쪽으로 다가왔다.

"훌륭──하노라. 이만한 고통을 받은 것도 봉인 당한 이후로 처음이구나."

"칭찬해주니 영광이네."

"진심으로 칭찬하마. 신의 몸에 닿았으니 말이다. 헌데 그대?"

"뭐야?"

"그대의 소속은 어디인가? 그대 또한 신을 잡아먹지 않았느냐?"

"신을 먹어?"

"딴청 피워도 소용없느니라. 나에게 닿을 수 있는 자는 신의 영혼을 잡아먹은 자뿐이다. 세계의 이면에 숨겨진 자가 아니라면 불가능하단 말이다. 자, 소속을 말하라. 서양의 종교 조직인가? 아니면 아마테라스의 족보를 지닌 히노모토의 수호 조직인가?"

이 녀석이 무슨 말을 하는 거야?

나는 구미호를 노려보았다.

"나는 모리시타 다이키. 그런 영문 모를 조직에는 속해 있지 않아."

"크흐흐, 고집이 세구나. 그럼 그 무거운 입이 풀어지도록…… 고통을 주마."

바닥을 박차며 맹렬한 속도로 구미호가 달려왔다.

구미호는 인사 대신 레프트 스트레이트를 날렸다.

내가 옆으로 피하자 구미호는 곧장 나의 오른쪽 허벅지를 향해 왼발로 로우킥을 날렸다.

나는 일부러 바싹 붙어 로우킥의 위력을 줄여 받아냈다.

그러나 이만큼 달라붙어 있으면 쇠 방망이—— 긴 물건은 휘두를 수 없다.

"나의 타격을 두 번이나 피하는가. 아무래도 요행이 아닌 모양이로구나. 허나——."

구미호가 미소를 지으며 나의 파카 목덜미와 오른쪽 소매를 붙잡았다.

——밭다리후리기.

깔끔하게 던져진 나는 등부터 바닥에 떨어졌다.

동시에 쇠 방망이가 나의 손에서 떨어져 멀리 날아갔다.

흐르는 듯한 동작으로 구미호가 바닥에 누운 내 위에 올라탔다.

——마운트 포지션.

종합격투기에서 절대적인 우위를 차지하는 포지션이다.

실력이 있는 체중 60kg 사람이 위에 올라탄 경우, 설령 깔린 사람이 체중 90kg의 럭비선수라고 해도 이 상황은 절대 타파할 수 없다.

그리고 이렇게 되면——.

"큭……!"

구미호가 밑에 깔린 나의 얼굴을 향해 철퇴와 같은 주먹을 휘둘렀다.

그러나 나도 일반인은 아니다.

일단 왼손으로 구미호의 주먹을 막는 데는 성공했다.

"흠. 공격을 네 번이나 행하였는데 던지기 외에는 완벽하게 막아내는가. 그러나…… 여기까지로구나."

구미호가 왼손으로 주먹을 쥐고 나의 위에서 크게 쳐들었다.

그리고 내리꽂히는 철퇴.

오른손으로 그것을 방어한 순간, 구미호가 이번에는 자신의 오른손을 드높이 쳐들었다.

일명 마운트 펀치라 일컬어지는 공격 방법인데, 간단하지만 궁극적인 공격 방법이다.

연타. 연타.

지옥과 같은 맹렬한 공격을 계속 받으며 나는 모든 타격을 방어하여 얼굴에 직접 맞지 않도록 신경 써서 움직였다.

그러나──.

──결국 구미호의 주먹이 나의 방어를 뚫고 얼굴에 꽂혔다.

"크흑……."

"후후. 이만큼이나 나의── 신의 공격을 버티다니, 감탄하였노라."

다시 구미호가 주먹을 쳐들고는 바로 내리쳤다.

이번에도 방어를 뚫고 얼굴에 맞았다.

"허나 그것도 끝이로구나."

구미호의 주먹이 차례차례 나의 얼굴을 때렸다.

"옳지, 옳지. 더욱 노력해 보거라. 어떻게 된 일이냐? 저기 있는 산 제물에게…… 손끝 하나 대지 못하게 한다고 하지 않았느냐?"

의기양양한 미소를 지은 구미호와 달리 나는 방어에 집중하느라 한 대도 갚아주지 못했다.

유감스럽지만 지금 상태로는 이 녀석이 나보다 훨씬 강한 모양이다.

"모리시타!"

슬쩍 보니 아베노 선배가 다리를 떨면서도 일본도를 쥐고 있었다.

구미호에게 맞으며 나는 아베노 선배에게 대답했다.

"왜요? 아베노 선배?"

"나도 도울게! 별 도움은 안 될지도 모르지만 기회는 만들 수 있을 거야! 내가……!"

하하, 내가 힘없이 웃는 순간 구미호가 주먹을 아주 높이 쳐들어 나를 후려쳤다.

"커헉……!"

코에 그대로 맞아 콧구멍부터 입까지 비릿한 맛이 퍼졌다.

"아무것도 못 합니다. 선배는 아무것도 못 한다고요. 이 괴물에게는…… 뭘 하더라도 선배는…… 그저 걸림돌입니다."

"그런…… 하지만…… 나는 더 이상 못 보고 있겠어! 네가 나를 위해 다치는 모습을 더는 보고 싶지 않아!"

"가만히 보고 있거라. 이 남자를 흠씬 혼내준 뒤에는 천천히…… 산 제물이 뭔지를 알려줄 테니. 일부러 고통받는 순서를 앞당길 필요는 없지 않느냐?"

연속으로 날아드는 구미호의 공격에── 나는 단념했다.

"왜 그러느냐? 벌써 포기하는 게냐? 처음 위세는 어디로 갔느냐? 인간이여? 뭐, 그것도 어쩔 수 없는 일…… 나야말로 절대적 강자── 신이기 때문이니라! 크흡…… 크하하! 크하하하하하!"

"그래, 나는 포기했어── 널 말이야."

"음?"

신이라고 하기에 얼마나 강한지 좀 보려고 했는데 말이지.

사실 처음엔 약간…… 겁을 먹었었다.

그야 신이니까.

마왕보다도 더욱 높은 영역이다.

솔직히 이세계로 전이했을 때 만나 나에게 스킬을 준 여신과 결투를 벌이라고 하면 나는 절대 사양이다.

인간이 어떻게 할 수 없으니 신인 거다.

그래서 이 녀석을 상대할 때도 긴장감을 느끼고 있었다.

그런데 이 여우는 방심하고 있다. 완전히 방심했다. 실력을 함부로 보이지 않으며 상대를 방심시키고 뒤를 치는 것이 전술 아니었나?

나는 지긋지긋하여 한숨을 내쉬었다.

"아무리 그래도…… 신이라 칭하면서 너무 약해빠졌잖아, 너."

"무슨 말을 하는 게냐?"

그러며 구미호가 다시 왼쪽 주먹을 드높이 쳐들어── 나의 코를 때리려고 했다.

"이제 됐어. 네 수준이 어느 정도인지 대충 알 것 같다. 스킬: 신체능력 강화."

나는 스킬을 발동해 근육에 마력을 불어넣었다.

이 스킬을 사용하면 스테이터스 수치상으로 약 2배 정도 강해진다.

물리 공격을 할 때는 '반드시' 써야 할 만큼 기본 중의 기본인 스킬이다.

──즉, 이세계에서는 이 스킬 없이 벌이는 근접전투는 있을 수 없다는 거다.

구미호의 주먹을 왼쪽 손등으로 공중에서 후려쳐 궤도를 크게 꺾었다.

"이영차."

동시에 오른손으로 구미호의 왼쪽 귀를 잡고 바로 옆으로 있는 힘껏 잡아당겼다.

찍!

귀가 찢어지는 소리와 함께 구미호가 옆으로 끌려와 내 위에서 굴러떨어졌다.

"아야아아아아아아아아아! 아파! 아야, 아야! 무, 무, 무슨 일이냐? 아니? 무엇이냐?! 어떻게 된 일이냐?! 무슨…… 무슨 일이 일어난 게냐?!"

나는 어깨를 으쓱했다.

"시끄러우니까 그런 시시한 일로 일일이 비명을 지르지 마. 귀를 잡아 뜯었을 뿐이라고."

받은 만큼 돌려주는 게 정석이겠지만, 이 녀석 상대로는 그럴 필요도 없다.

이 녀석의 스테이터스는 스킬을 사용하지 않았을 때의 나보다 조금 강한 정도다.

뭐, 이세계를 기준으로 치면 전국 32위 정도?

한마디로 나의 동료…… 프리스트인 공주라도 근접전투 스킬을 모두 쓴다면 이 녀석을 때려서 이길 수 있다.

아니, 그 정도는 아닌가?

격투 스킬을 무기에 부여하면 될 것 같기도 한데.

나는 천천히 일어나 왼손으로 옷에 묻은 먼지를 털어냈다.

그리고 오른손에 들고 있던 구미호의 찢어진 귀를 원래 주인을 향해 던졌다.

"어이, 일어나라, 여우. 놀아주마."

"놀아준……다고?"

무슨 말인가 못 알아먹었는지 구미호가 멍한 표정을 지었다.

그리고는 이내 얼굴이 빨개졌다.

관자놀이에 핏대가 선 것이 아무래도 화가 단단히 난 모양이다.

"애송이가! 나를 상대로…… 불손하구나!"

구미호가 분노에 차 나에게 돌진하여 왼 주먹을 날렸다.

"불손이라……."

나는 구미호의 주먹을 오른손으로 잡고 씩 웃었다.

"이놈……!"

구미호가 곧장 오른손을 움직였다.

[스킬: 견고가 발동되었습니다.]

[스킬: 대 방어가 발동되었습니다.]

[스킬: 물리 반감이 발동되었습니다.]

[스킬: HP자동회복이 발동되었습니다.]

[스킬: 신룡의 결계가 발동되었습니다.]

[스킬: 성기사의 방패가 발동되었습니다.]

[스킬: 금강신력이 발동되었습니다.]

[스킬: 무신이 발동되었습니다.]

[스킬: 퍼펙트 가드가 발동되었습니다.]

아니, 신의 목소리. 방어 스킬이 너무 과하잖아.

아무튼.

훅 하고 바람을 가르는 소리와 함께 나의 턱에 어퍼컷이 작렬
했다.

"흥! 어리석은 놈…… 너무 건방을 떨었구나…… 어?!"

구미호가 경악했다.

지금의 나는 아까와는 달리, 주먹 따위로는 상처하나 낼 수 없다.

"그래서, 뭘 어쩔 거지?"

"네 이놈……! 네 이놈! 네 이노오오오오옴! 이것을 맞고도 웃을 수 있나 보자! 나의 모든 힘을 개방하겠다! 이것이야말로 나의 최강의 공격, 비장의 기술이다! 신호격류난무(神狐激流亂舞)!"

구미호의 마력이 폭발적으로 올라갔다. 공격력은 아마 1.5배쯤 올라갔으려나?

나는 녀석의 공격을 그대로 다 맞아주기로 했다.

과연 신의 목소리.

방어 스킬이 좀 과하다 싶었는데, 내가 원하는 걸 딱 맞춰준 거였다.

구미호의 양손이 번갈아 날아오더니 이어서 오른발로 높이 찬 후, 명치 치기가 날아왔다.

그리고 나는 예정대로 모두 맞아주었다.

"후하하! 반격 한 번 못 하는구나!"

그렇게 맞기를 약 2분.

드디어 손을 멈추고 뒤로 물러나 나와의 거리를 벌린 여우가 숨을 헐떡이며 말했다.

"뭐, 나도 조금 어른스럽지 못했군. 무심코 과한 기술을 써버렸어…… 아직 수행이 부족하구나."

나는 고개를 절레절레 흔들며 구미호에게 말을 걸었다.

"그래서 말이야, 구미호 씨?"

다시 구미호가 경악했다.

자기 입으로 과했다고 할 정도로 자신이 있었으니 좀 놀라긴 했겠지.

"이럴…… 수가? 설마…… 이것조차…… 상처하나 내지 못했다고?"

나는 고개를 끄덕였다.

"네가 말한 그 비장의 기술이라는 건 언제 보여줄 거야?"

"…………뭐, 뭣이?"

긴 침묵이 흘렀다.

구미호는 무슨 일이 일어났는지 완전히 파악하지 못하고, 그저 그 자리에 굳어 있었다.

"안 쓸 거면 됐어. 그럼 슬슬 나도…… 공격해도 될까?"

"……윽?!"

나의 말에 구미호는 바로 자세를 취했다.

그 직후—— 나는 단숨에 파고들어 구미호의 거리를 단숨에 좁혔다.

"윽?! 보이지 않았……!"

이어서 나는 구미호의 얼굴을 향해 손목의 스냅만을 이용하여 손등으로 짧게 후려쳤다.

"아뵤!"

인중에 정통으로 들어갔다.

구미호는 그 자리에서 얼굴을 감싸고 몸을 웅크렸다.

"컥…… 쿠학…… 큭…… 윽…… 으…… 으득…… ."

충격에 못 이겨 바닥에 무릎을 꿇은 구미호가 나를 올려다보았다.

구미호의 이가 바닥에 뚝뚝 떨어지고 코피가 흐르기 시작했다.

구미호의 얼굴에 두려움이 퍼져갔다.

"말도 안 돼…… 이런 일이…… 있을 리가…… ."

구미호는 그 자리에서 축 늘어져 고개를 숙였다.

자, 슬슬 끝을 볼까.

그때, 갑자기 구미호가 손뼉을 치기 시작했다.

"그대는 정말 대단하구나. 설마 나의 비골(코뼈)과 앞니를 부러 뜨리다니…… 대륙의 은나라…… 아니, 인도에서 쫓겨날 때 이래 처음이다."

"그래, 뭐…… 칭찬 고마워."

"다만 한 가지 착각을 한 거 같은데."

"착각?"

"그렇다" 하고 구미호가 고개를 끄덕였다.

"……그대는 내가 진정한 힘을 드러냈다고 생각하는 게냐?"

"뭐……?"

내가 놀라자 구미호는 만족스러운 표정을 지었다.

"아무래도 내가 육탄전이 특기라고 생각하는 모양인데, 그렇지 않다. 본디 나는 주술사이노라. 그리고 나는 최악의 주술── 절 대 방어진을 감춰두고 있지."

그 말에 나는 자신의 얄팍함을 후회했다.

썩어도 신은 신이라는 건가.

아주 조금이지만, 녀석은 아직 마왕보다 강한 녀석일 가능성이 남아있었다.

[스킬: 냉정침착이 발동되었습니다.]
[스킬: 두뇌명석이 발동되었습니다.]
[스킬: 방심은 금물이 발동되었습니다.]
[스킬: 기척 탐지가 발동되었습니다.]
[스킬: 전황 파악이 발동되었습니다.]

고마워, 신의 목소리.

덕분에 마음이 진정되었다. 전황도 잘 보이기 시작했고.

나는 무턱대고 싸운 걸 반성했다.

이제 방심하지 않겠다.

나는 주먹을 뚝뚝 울리며 나는 구미호에게 물었다.

"그게 무슨 말이야?"

"이런 것이다."

구미호는 나와 거리를 벌리더니, 곧 마력을 부풀리기 시작했다.

구미호가 자신감이 넘치는 미소를 지었다.

"그대를 상대로 처음부터 전력을 다하지 않았던 내가 어리석었다. 나도 반성해야겠구나."

구미호가 주문을 외우자 그의 앞에 푸른빛이 나는 오망성이 나타났다.

"그건⋯⋯."

나는 깜짝 놀랐다.

"흐음, 놀란 모양이로구나?"

그도 그럴 게, 저 술법은⋯⋯.

"애송이, 가르쳐주마! 이것이 주술 결계다! 그러하다! 어떠한 공격도 통하지 않는── 최강의 방어진이다! 이 술법으로 나는 신의 지위까지 올라갔노라!"

"⋯⋯⋯⋯⋯."

"호호. 놀란 나머지 소리도 나오지 않는구나."

"⋯⋯⋯⋯⋯."

"이젠 어떤 기술도, 어떤 술식도 나에게는 통하지 않느니라! 그리고 나는 언제든지 너를 공격할 수 있지!"

구미호가 껄껄 웃으며 말했다.

나는 저 술법⋯⋯ 아니, 스킬을 이세계에서 본 적이 있다.

"후후, 정말 놀란 나머지 목소리도 안 나오는 모양이로구나? 그래, 그만한 실력이 있다면 이 술식이 얼마나 대단한지 그대도 알아챘겠구나. 칭찬하마."

"으⋯⋯ 으응."

이건 예상치 못한 사태였다.

과연, 이게 신이라 이거지⋯⋯.

"후후, 정말 귀여운 녀석이로구나. 어중이떠중이들은 이 절대 방어진이 얼마나 대단한지를 모르지. 진정한 강자만이 알아보는 게다."

"아…… 그래. 나도 놀라는 중이야."

"크흐흐, 그렇겠지. 그렇겠지."

물리 공격과 마법 공격을 한 번에 막을 수 있는 결계.

평범한 공격 따윈 통하지 않는다.

하지만…….

──저건 그냥 상위 결계 스킬이다. 이세계에서는 실력 있는 프리스트라면 누구나 쓸 수 있는 스킬이다.

공주는 이것보다 더 강력한 결계를 파티 멤버 모두에게 패시브처럼 사용하고 있었다.

그나마도 저것보다 두 단계는 수준이 높았다.

마왕의 공격을 몇백 번, 몇천 번이나 버틸 수 있던 것도 다 그덕분이다.

"그럼, 내가 그걸 박살 내면 되는 건가?"

"흐음, 이 결계의 위력을 알고도 농담을 말하는가?"

"농담?"

"이 결계를 인간 따위가 뚫을 수 있을 리가 없지 않나."

"…………아무튼, 결계를 깨면 되는 거지?"

"할 수 있다면 해 보거라."

"그래? 그럼 이왕 하는 거 준비를 단단히 하고 해도 되나?"

"흐음? 진심으로 나의 궁극 방어를 부술 심산이냐? 뭐, 좋겠지.

얼마든지 해 보거라. 그리고 전력을 다한 일격이 나에게 통하지 않음을 깨달은 순간, 그대는 나에게 진심으로 공포를 느끼겠지. 벌써 기대가 되는구나."

"그럼 뭐, 사양하지 않고…… 전력으로 간다!"

[스킬: 신체능력 강화가 발동되었습니다.]

[스킬: 용사의 일격이 발동되었습니다.]

[스킬: 성투기가 발동되었습니다.]

[스킬: 용투기가 발동되었습니다.]

[스킬: 마투기가 발동되었습니다.]

[스킬: 힘 모으기가 발동되었습니다.]

[스킬: 고무가 발동되었습니다.]

[스킬: 마전사의 최후의 일격이 발동되었습니다.]

[스킬: 육절골참(肉切骨斬)이 발동되었습니다.]

[스킬: 금강신력이 발동되었습니다.]

[스킬: 무신이 발동되었습니다.]

[스킬: 가속이 발동되었습니다.]

[스킬: 전광석화가 발동되었습니다.]

[스킬: 용사의 일격이 중첩 발동되었습니다.]

[스킬: 공전절후가 발동되었습니다.]

[스킬: 패자의 일격이 발동되었습니다.]

[스킬: 핵 열속성 부여가 발동되었습니다.]

[스킬: 양자분해가 발동되었습니다.]

[스킬: 유자(幽子)폭발이 발동되었습니다.]

[스킬: 절대 파괴가 발동되었습니다.]

[스킬: 마법 결계 무효가 발동되었습니다.]

[스킬: 얼티밋 포스가 발동되었습니다.]

아니, 그러니까 신의 목소리, 그 정도로 스킬은 필요 없다니까.

나는 스킬 발동을 확인하며 결계 앞으로 다가갔다

"좋아……!"

허리를 낮추고 방어 결계와 마주했다.

온 힘을 다해 주먹을 쥐어 허리 위치까지 올렸다.

그리고.

힘을 모으고 모으고 모으고 모으고 모아서——.

——방어 결계를 향해 혼신의 정권 지르기를 날렸다.

빠직.

주먹이 닿자마자 유리창이 깨지는 소리를 내며 결계가 산산이 부서졌다.

나는 주먹을 뚝뚝 울리며 구미호에게 물었다.

"자랑하던 결계가 산산조각이 났는데?"

구미호가 몇 번이나 입을 뻐끔뻐끔뻐끔뻐끔 여닫았다.

"그럼 이제…… 어떡할래? 아직 다른 기술이 남았다면 모두 해봐. 전부 힘으로 박살 낼 테니까."

구미호의 얼굴이 창백해지며 그 잘생긴 얼굴── 오뚝한 코에서 한 줄기 두꺼운 콧물이 흘러내렸다.

나아가 눈을 뒤집고 침까지 흘리더니 신음 같은 목소리를 흘렸다.

"이, 이…… 잇…… 잇…… 이럴 수가…… 어떻게 이럴 수가?"

어째서냐고 묻는 들, 뭐…….

이런 결계도 못 깨면 용사는 폐업해야 한다.

구미호는 금붕어처럼 입을 뻐끔뻐끔뻐끔뻐끔 여닫았다.

"말도 안 돼…… 도저히 믿을 수가 없어."

"너도 봤잖아, 깨지는 거."

구미호가 표정을 일그러트렸다.

"아무래도 정면으로 붙어도 내 힘으로 그대를 꺾기는 힘들겠구나."

"이제야 사실을 받아들일 마음이 생겼어?"

구미호가 고개를 끄덕였다.

"그렇다. 정면으로는 말이지."

"그렇다면 항복하는 게 어때?"

"항복? 내가 항복? 어째서 절대적 우위에 서 있는데 항복해야 하는가?"

"……무슨 말이야?"

"이것을 보거라."

구미호의 꼬리가── 아홉 개의 꼬리가 여덟 개가 되어있었다.

구미호가 아베노 선배가 있는 쪽을 가리켰다.

고개를 돌리니 아베노 선배의 뒤에서 무언가의 그림자가 다가오고 있었다.

"나의 분신이니라. 그대같이 다른 이를 구하러 오는 선인은 인질을 잡아 어쩌지도 못하게 만들고 끝에는 농락당하다가 죽는 모습이 잘 어울린다고 생각하지 않느냐?"

분신의 기척을 탐지한 아베노 선배가 뒤를 돌아보며 혀를 찼다.

말 그대로 여우…… 아니, 사자처럼 커다란 여우가 아베노 선배를 습격하려고 하고 있었다.

분신의 속도를 보아하니 아베노 선배와 구미호 분신의 역량 차이는 압도적인 수준이다.

레벨로 치면 10은 차이가 날 것이다.

"모리시타…… 미안해. 역시 나는 네 말대로 걸림돌인가 봐. 하지만…… 폐는 끼치지 않을 테니까."

그녀가 곧바로 자신의 오른쪽 목덜미에 스스로 칼을 대려고 했다.

어?! 아니, 이건 너무 예상 밖인데?! 어디까지 날 휘두를 셈이야, 이 여자는!

선배의 돌발 행동에 나는 식은땀을 흘렸고——.

"아베노 카구야아아아아아아! 빚도 갚지 못했는데 멋대로 지옥으로 가려 하다니 용서할 수 없어! ——내가 빚을 갚는 게 먼저다!"

날개를 펄럭거리며, 금발의 작은 미소녀가 아베노 선배를 옆에서 낚아챘다.

"잠깐 기절한 사이에 전개가 너무 빠르잖아! 하지만 신의 수호,

자동 치유 능력을 지닌 나에게…… 여유 시간을 너무 많이 줬어! 이 망할 여우!"

전속력으로 초저공 비행을 하여 구미호의 분신을 피한 사카구치는, 아베노 선배를 등에 업은 채 구미호를 향해 웃으며 손가락 욕을 날렸다.

"좋아! 잘했어—— 사카구치!"

주먹을 불끈 쥐며 나는 쇠 방망이를 주워 구미호의 분신을 향해 멀리서 크게 휘둘렀다.

"진공참!"

보이지 않는 칼날이 거대한 여우의 목과 몸통을 순식간에 분리했다.

"오호라, 이 함정을 피하는가…… 그럼…… 저건 어떠냐."

"저거?"

구미호가 가리킨 곳을 보자 사카구치가 흙거미 9마리에 둘러싸여 있었다.

"모략을 짜려면 이중으로. 기본 중의 기본 아닌가?"

의기양양한 표정과 달리 사카구치의 입에서는 약간 당황한 듯한 목소리가 나왔다.

"흥! 오버 드라이브 모드라면 흙거미 몇 마리쯤은 상대도 안 돼!"

그 순간 갑자기 흙거미들이 한꺼번에 눈앞에서 자취를 감추었다.

아니…… 투명해졌다.

광학미채인가?

"하하, 웃음이 나는구나! 녀석들은 특수진화한 흙거미니라. 보이지 않는 흙거미를 그대들이 당해낼 수 있을 리가 없지!"

"투명이라니! 등에 짐짝까지 메고 있는데! 첩첩산중이잖아!"

강하게 나서던 사카구치의 눈에서 자신감이 사라졌다.

"무거워서 날 수도 없잖아, 이거! 어떻게 하란 말이야!"

저 바보!

자신의 약점을 적에게 가르쳐주면 어떡해!

내가 머리를 싸매고 있는데, 구미호가 의기양양한 미소를 지었다.

"후하하! 두 사람 모두 붙잡거라! 인질은 많을수록 좋아!"

그때——.

"레이라 사카구치! 2시 방향에서 온다! 바로 뒤로 날아! 전속력! 지금 당장!"

사카구치에게 옆에 있는 아베노 선배가 외쳤다.

사카구치는 잠깐 망설이더니 곧 얼굴에 자신감이 되돌아왔다.

"알겠어!"

사카구치가 움직이자 곧 바람을 가르는 소리가 났다.

"다음은 6시 방향에서! 오른쪽 옆으로 12m…… !"

"알겠는데, 나한테 지시하지 마!"

바로 옆으로 날아간 사카구치가 웃으면서 말했다.

"다음! 앞으로 7m!"

차례차례 보이지 않는 상대로부터 돌격을 피하는 두 사람을 보며 구미호는 놀라움을 감추지 못했다.

"어째서…… 어째서냐?! 저 애송이들이 어떻게 보지 않고도 피한단 말이냐?!"

나와 아베노 선배는 서로 눈짓을 주고받은 뒤——.

"마지막! 날 수 있는 만큼 위로 날아! 레이라 사카구치!"

"무거워! 너! 조금 다이어트하는 게 좋지 않겠어?!"

"시끄러워! 키도 가슴도 작은 너와 달리 이쪽은 F컵이라고!"

"너 나중에 반드시 죽일 테니까!!"

그러며 날개를 파닥거린 사카구치가 위로 뛰어올랐다.

좋아, 지금이다!

"영식—— 진공참!"

쇠 방망이 들고 나는 제자리에서 한 바퀴 크게 휘둘렀다.

반경 100m 이내 모든 것이—— 진공의 칼날에 잘려나갔다.

후두두둑.

거미들의 두 동강 난 사체가 주위에 나뒹굴었다.

"어째서…… 어째서냐……! 모든 책략을 다했거늘……!"

반사적으로 뛰어올라 진공참을 피한 구미호가 착지하며 중얼거렸다.

"왜냐고? 그야 아베노 선배가 색적 스킬을 가지고 있기 때문이지. 저 두 사람을 너무 얕봤구나…… 멍청하긴."

"제길…… 제길…… 제길……!"

구미호가 울먹이며 나를 노려보았다.

"어째서 이렇게 된 것이냐? 왜 이렇게 된 것이냐?! 나는 신이니라?! 인간 따위에게⋯⋯!"

"인간이라고 무시했기 때문이다. 단지 그것뿐이야."

"젠장, 젠장⋯⋯ 이런 젠자아아아아아아앙!"

분통을 터트리던 구미호가 드디어 미쳤는지 갑자기 웃음을 흘리기 시작했다.

"후후, 그대는 운이 좋구나."

"운이 좋아?"

"아까 너희가 내 함정을 피한 건 단순히 운이 좋았을 뿐이라는 거다. 운명의 천칭이 그대에게 기울었던 게지. 전술, 전략, 전력――즉, 실력은 그대나 나나 크게 차이나지 않는다 이 말이다."

웃음을 흘린 것 치고는 표정이 몹시 굳어 있었다. 아무래도 신의 마지막 긍지인 모양이다.

아니, 허세인가.

"운이라⋯⋯."

나는 자신만만하게 웃으며 말했다.

"멍청한 놈이군."

"멍청하다고?! 운 좋게 마장천사가 부활하고, 운 좋게 산 제물이 마침 흙거미에 대응할 수단을 갖고 있었을 뿐이지 않느냐?!"

"그래서 멍청하단 거다."

"무슨⋯⋯?!"

아까 신의 목소리가 고른 스킬은 색적, 기척 감지, 전황 파악이었다.

만약 이 스킬들이 아니었다면 나도 허를 찔렸겠지.

저 녀석 말대로 운에 맡겨야 했다.

하지만 나는 스킬로 모든 상황 정보를 얻고 있었다.

"모르겠냐? 이 모든 게 다 내 생각대로 흘러가고 있었다는 거다. 네가 만든 분신도, 특이한 흙거미도, 네가 꺼내기 전부터 다 알고 있었다고. 그녀들이 어떻게 대처해야 할지까지 모두."

뭐, 아베노 선배가 자살을 선택하려고 했던 건 예상 밖이었지만.

그 밖에는 모두 완벽하게 들어맞았다.

"그런…… 말도… 안 되는……?"

"처음부터 네 패배는 정해져 있던 거다."

"이제 끝이야…… 젠장, 젠장…… 젠장젠장젠자아아아아앙!"

구미호가 그 자리에 무릎을 꿇고 축 늘어졌다.

"이제 끝을 보자."

"큭…… 큭…… 크으으으으으윽! 끝났다…… 모두 끝이——!"

무릎을 꿇은 구미호를 향해 나는 천천히 주먹을 쳐들었다.

[스킬: 신체능력 강화가 발동되었습니다.]

[스킬: 용사의 일격이 발동되었습니다.]

[스킬: 용투기가 발동되었습니다.]

[스킬: 힘 모으기가 발동되었습니다.]

[스킬: 고무가 발동되었습니다.]

[스킬: 육절골참이 발동되었습니다.]

아니, 그러니까 신의 목소리, 스킬이 너무 과하다니까?

나는 있는 힘껏 주먹을 꽉 쥐고 허리 언저리로 팔을 들었다.

모으고 모으고 모으고 모으고 모아서──.

"──는 속임수다아아아아아!"

구미호가 갑자기 벌떡 일어나더니 그의 마력이 폭발적으로 부풀어 오르기 시작했다.

"후하하! 예상대로 방심하여 빈틈이 많은 공격을 선택했구나! 이것이 나의 최종수단······ 마투법(魔鬪法)이니라!"

구미호의 오른쪽 주먹에 온 마력이 모여갔다.

온 MP를 끌어모아 공격력으로 바꾸는 격투 스킬이다. MP가 몽땅 사라지기 때문에 그야말로 목숨을 건 마지막 공격 수단이지만, 대신 공격력이 10배로 치솟는다.

반면 내 스킬은 아직 준비가 덜 끝난 상태였다.

상황은 구미호가 압도적으로 유리했다. 100m 달리기로 치면 녀석이 60m 정도 앞서가고 할까.

"마지막이다! 인간이여! 나의 최후의 일격── 멀쩡하게 살아 돌아갈 수 없을 것이니라!"

"그래 뭐, 상관없어."

어차피 스테이터스 차이가 압도적이다.

유치원생이 60m 앞서있다 한들 어른이 뛴다면 질 리가 없으니까.

"무어라?!"

크로스 카운터.

아니, 다른가?

나는 구미호에게 어퍼컷으로 카운터를 날렸다.

요란한 굉음과 함께 구미호가 엄청난 속도로 치솟았다.

"오, 1km는 올라갔겠는데?"

이어서 나는 두 번째 기술을 준비했다. 마력 연성은 미리 끝내 두었다.

용사만이 쓸 수 있는 비술.

"극대마법── 토르 해머!"

내가 구미호를 향해 손을 뻗자, 손바닥에서 강렬한 광선이 구미호를 향해 날아들었다.

곧이어 하늘에 굉음이 울려 퍼지고 반경 200m에 달하는 대폭발이 일어났다.

느낌으로 보아, 아마 구미호에게 직격 했을 거다.

굳이 살아있는지 확인해 볼 필요도 없었다.

나는 살짝 한숨을 내쉬었다.

"구미호…… 최후의 일격…… 마투법인가."

나는 아마 먼지처럼 산산조각이 났을 구미호를 향해 손가락 욕을 날렸다.

"뭐…… 그 주먹을 그대로 맞았으면 평범한 사람이 기둥에 머리를 부딪친 정도는 됐을지도."

이세계귀환용사가
현대최강!

아베노 선배에게
혀를 내두르다

The modern
strongest hero
who
come home.

이틀 뒤.

나는 여러 가지 사정으로 근처의 삼림공원에 있는 상자로 만든 집 안에서 차를 마시고 있었다.

상자 집은 만화카페의 독방 정도의 넓이였는데 생각보다 그럴 싸했다. 한쪽 구석에는 여행용 슈트케이스가 자리를 잡고 있었다.

"어때? 맛있어? 교토의 교쿠로 녹차야."

"와, 맛있네요. 이거 비싼 거죠? 이런 데서 먹기는 좀 아까운데."

"우리 집 부엌에서 훔쳐 왔어."

참고로 찻물은 모닥불로 끓였다.

──구미호 사건 후.

차마 자초지종을 솔직하게 말할 수 없어, 부활 시간이 틀린 것 같다는 거짓말을 늘어놓았는데, 의외로 다들 순순히 고개를 끄덕였다.

뭐, 수천 년간 애먹던 요괴를 고등학생 셋이 해치웠다고 하는 것보다는 그게 더 믿음이 가겠지만.

그리고 아베노 선배는 그날로 집을 나와버렸다.

이야기를 들어본 바로는 가족에게 배신당했다는 모양이니 그럴 법도 했지만.

"그런데 아베노 선배?"

"왜?"

"아까부터 뭘 마시는 거죠?"

"잡초 수프야."

"……그럼 이건?"

"도토리를 으깨서 뭉친 걸 구웠어. 탄수화물 섭취는 무척 중요하거든."

"……부잣집 따님 아니었어요?"

그러자 상자 집의 천장을 올려다보며 아베노 선배가 애달픈 눈빛으로 말했다.

"그렇게 불리던 시기도 있었지. 자랑할 건 아니지만 무일푼으로 살기는 처음이야. 지갑 속에 남은 돈도 이제 7엔 밖에 없어. 과자 하나 못 사."

"……빌려드릴까요?"

"……너한테 빚지고 싶지 않아."

"그런 말을 할 만큼 여유가 있어요?"

"…………."

"…………."

잠시 조용히 마주 보았으나, 곧 아베노 선배가 씁쓸하게 웃었다.

"돈이 없는 현실은 잔혹하네."

"선배의 마음은 알겠지만, 그래도 일단 집으로 돌아가세요. 가족 분열의 원흉이었던 구미호도 처리했잖아요. 머리를 숙이면 분명 알아줄 겁니다. 가족이잖아요. 먹고 자는 것 정도는 할 수 있지 않겠어요?"

"그 사람들의 도움은 절대 받을 생각이 없어. 친동생에게 코카인을 주는 정신 나간 사람이라고? 애초에 머리를 숙여야 하는 건 저쪽 아니야?"

"마음은 알겠지만…… 어른스럽게 굴자고요. 선배가 죄가 없다 해도 사과할 줄 아는…… 그런 어른스러운 대응도 중요하잖아요."

"……지금 생각해보면 조금 후회되긴 해."

"집을 나온 게요? 뭐, 거북한 것도 이해는 가지만, 저도 같이 갈 테니 이참에 사과하죠."

"아니, 그거 말고. 코카인 말이야."

"……네?"

"암시장에 팔면 크게 벌었을 텐데…… 실수했네. 왜 그 생각을 못 했지……? 이런 사태를 상정해야 했는데……."

"무슨 위험한 소릴 하는 겁니까?! 부탁이니까 감옥 갈 소리 하지 마세요?!"

경찰을 뭐라고 생각하는 거야, 이 인간은.

"저기, 모리시타."

"왜요?"

"그거 알아? 도토리는 맛이 없어."

"맛있으면 슈퍼에서 팔고 있겠죠."

떫은맛을 제거하는 것이 포인트라고 들은 적이 있지만, 원래 부잣집 아가씨였던 이 사람은 그런 것도 모르지 않을까.

즉, 지금 이 사람이 먹고 있는 도토리 과자는 먹을 만한 음식이 아닐 것이다.

"나는 여러모로…… 한계야. 이 상자 집도 어제 내린 비로 큰 타격을 입었어. 자는 동안 뚝뚝뚝뚝…… 비가 새는 게…… 솔직히 너무 한심해서 눈물이 나더라."

"뭐, 상자 집이니까요."

약간 야윈 아베노 선배를 보고 있자니 마음이 쓰라렸다.

그녀 말대로 아베노 선배는 딱히 잘못한 게 없다.

어쩌다 이렇게 된 거지.

"진짜 돈 빌려드릴 수 있다니까요? 세뱃돈을 꽤 많이 모았거든요. 당장은 어떻게든 버틸 수 있을 테니까."

"그건 필요 없다니까. 나는 자력으로 해결할 거야."

"자력이라고 해도…… 방도가 없잖아요?"

"저기, 모리시타?"

"왜요?"

"내 입으로 말하기는 그렇지만, 나는 미인이잖니?"

"선배에게 이런 말은 별로 하고 싶지 않지만, 얼굴만 따지면 대단한 미인이죠. 조금 피하고 싶을 정도로요. 텔레비전에 나오는 배우보다도 훨씬 예쁘다고 생각합니다."

"그래, 그리고 나는 여러모로 한계야."

"그야, 뭐…… 부잣집 아가씨가 갑자기 상자 집에서 잡초며 도토리를 먹고 있으니 그렇겠지요."

"그래서 모리시타— 나는 몸을 팔까 생각 중이야. SNS를 이용하면 신청이 쇄도하겠지."

"아니, 잠깐만!"

"자존심과 돈을 저울질하면 돈을 택할 만큼— 나는 궁지에 몰렸어."

"그러니까 돈을 빌려주겠다니까요?!"

"그래서 제안이 하나 있어."

"제안? 아니, 그런 건 아무래도 좋으니까⋯⋯ 선배. 이제 귀찮으니 그냥 저에게서 돈을 빌리세요. 10만 엔까지는 그냥 드릴게요. 돌려주지 않아도 되니까."

"그러니까 이 이상 너에게 신세를 질 수는 없대도."

"와, 정말 성가신 성격이네요!"

"그래서 제안 말인데, 모리시타가 협력해주면 나는 정말 몸을 팔아도 괜찮다고 생각해."

"협력이라뇨?"

"먼저 모리시타가 만남의 장소에 가서 근육질 남자에게 몸을 팔아. 안심해⋯⋯ 대화가 서투른 너 대신 내가 근육질 오빠와 얘기할 테니까."

"영문을 모르겠는데요?! 그보다 대화가 서투른 건 선배잖아요?!"

"물론 중개 수수료로 네가 몸을 판 돈의 절반을 받을 거지만."

"무슨 말을 하는지 알고 하는 겁니까?!"

"그리고 이게 중요한데⋯⋯ 그러면 나도 각오할 수 있어. 나를 위해 모리시타가 그 정도로 애써준다면 나도 몸을 팔지 않기로……."

"왜 자꾸! 아까부터 돈을 빌려준다고 했잖아요!"

"……그러니까 이 이상…… 너에게 신세를 질 수는 없어."

"…………."

"…………."

"…………."

"나는 그 정도로 돈이 필요해. 목욕도 하지 못하니, 지금은 어쨌든 일주일 뒤에는 학교에서 냄새가 난다고 소란이 일 거야…… 그건 나의 자존심이 허락하지 않아. 말도 안 돼."

그러고 보니 선배…… 오늘은 향수 냄새가 꽤 지독하다.

아직은 괜찮아 보이건만, 엄청나게 신경 쓰이는 모양이다. 나는 무어라 말할 수 없는 기분이 들었다.

"상황이 상황이니, 냄새가 신경 쓰여서 학교를 쉬더라도 말리지 않을게요. 하지만 몸만은 팔지 마세요."

"물론이지. 나의 첫 경험은 최소 10만 엔 이상이야."

"아니, 팔지 말라니까?!"

손님은 많을 것 같지만!

인정하고 싶지 않지만, 선배는 대단한 외모를 가지고 있으니까.

아베노 선배가 아련하게 웃었다.

"여러모로 걱정 끼쳐서 정말 미안해."

그 말을 들으며 나는 손목시계를 확인했다.

오후 7시…… 슬슬 돌아가지 않으면 엄마의 심기가 불편해진다.

"오늘은 일단 돌아갑니다만, 저에게 상담도 없이 섣부른 행동만은 하지 마시라고요!"

"그래, 반쯤 생각해볼게."

"충고는 제대로 들으라고?!"

그러고 나는 상자 집에서 집으로 돌아갔다.

다음 날.

내가 통학로를 걷고 있을 때 일이었다.

이 근처에 굉장히 고급스러운 카페가 하나 있는데, 커피 한 잔에 1,500엔이나 하는 부자들이나 가는 카페다.

거짓말인지 진짜인지 모르지만, 돈가스 샌드위치가 2,500엔이나 한다나 뭐라나.

"돈이 궁한 고등학생도 있는데…… 정말 세상은 미쳤군."

그런 소릴 중얼거리며 나는 카페 창문으로 안을 살폈다.

주식이나, 토지나…… 뭐, 불로소득의 수혜자들이 우아한 미소를 지으며 세련되게 꾸민 가게 안에서 느긋한 시간을 즐기고 있었다.

"세상에는 정말 돈이 궁한…… 노숙자 고등학생도 있는데…… 으응?!"

나는 입을 뻐끔거리며 가게 안을 뚫어지게 보았다.

"왜 노숙자 고등학생이 이 고급 카페에서 우아하게 아침을 먹고 있는 거야?! 주머니에 7엔밖에 없다며?!"

아베노 선배를 발견한 나는 허둥지둥 안으로 들어가 맞은편에 앉았다.

"어떻게 된 일입니까?!"

"뭐가? ……일을 마치고 쉬는 중인데?"

"일이라고요……?"

"그래, 방금 일이 끝났어. 밤새 힘들었지. 잘 틈도 없었으니까. 솔직히 너무 힘들어서 숨이 다 차더라. 뭐, 덕분에 돈은 많이 받았지만."

"서, 설마 판 겁니까……?"

"그래, 팔았어. 기분이 좋을 만큼 팔아치웠어. 그래, 그렇고말고── 완전히 팔았지."

어쩐지 야윈 선배를 보자 머리가 아프기 시작했다.

"저한테 말없이 서두르지 말라고 했잖아요?"

"그건 미안하게 됐어."

으아, 눈물이 날 것 같다.

비록 입이 험한 선배지만 나쁜 사람은 아니었다. 나쁜 게 있다면 아마 이 사회가 잘못된 것이리라.

물질만능주의에 가득 찬 이 사회가.

"하지만 선배…… 너무 섣부른 거 아닙니까?"

"뭐, 그랬을지도."

"……선배는 잘못이 없습니다. 그만큼 궁지에 몰려있었으니까요. 그런데──."

"그런데?"

"아무래도 제가 선배를…… 잘못 본 것 같습니다."

자존심과 허세의 화신 같은 사람이므로, 나는 선배의 그런 점이 짜증이 나면서도 한편으로 싫지는 않았다.

그런데 아무렇지도 않게 자신을 헐값에 팔다니…….

"날 잘못 봤다니? 왜?"

"그야 그렇잖아요? 어떻게 그걸 헐값에 팔아버릴 수가 있어요?"

그러자 아베노 선배가 피식 웃었다.

"헐값이라…… 틀리진 않네."

"……솔직히…… 실망했습니다."

"하지만 15억짜리 거래인데? 돈이 궁하니 어쩔 수 없잖아."

"예? 15억?"

"응, 15억."

"……15억 엔?"

아니, 그야 선배는 미인이고 처녀였다지만?

아무리 그래도…… 15억?

무슨 농담이지?

"짐바브웨 달러가 아니라?"

"응."

"어디 있는지도 모르는 나라의 돈이 아니라?"

"일본은행이 보장하는 진짜 15억 엔. ──15억 JPY야."

"무슨 말인지 전혀 모르겠는데요, 선배? 뭘 해야 첫 경험이 15억

엔에 팔리는 겁니까?"

아베노 선배가 무슨 말을 하는 거냐는 듯 입을 떡 벌렸다.

"무슨, 그걸 팔 리가 없잖아. 그걸 믿었어? 설령 100억이라고 해도 첫 경험을 팔 리가 없잖아? 나야말로 네가 무슨 말을 하는지 전혀 모르겠는데?"

"으응? 어떻게 된 겁니까?"

"말하자면 나는 성공한 사람이 된 거지. 고등학생을 압도적으로 초월한── 초(超)고딩 부자가 말이야."

"글쎄, 뭔 일이 있었던 겁니까?"

우아하게 커피를 마시며 아베노 선배가 천장을 올려다보았다.

"너도 알겠지만, 우리 집이 꽤 크잖니?"

"그렇죠."

"또 그만큼 오래된 명문가고."

"네, 그것도 알고 있습니다."

"그래서 말인데 사실── 우리 집에는 국보가 있거든."

"국보가요? 집에?"

"그래, 아베노 본가의 아주 높은 사람이 관리하라고 맡긴 국보야. 혹시 마사무네나 무라마사 같은 거 들어본 적 있어?"

"게임 같은 데서 자주 나오는 무기죠."

"그런 무기가 집에 한 아름씩 있거든. 전부 나라가 자랑할만한 퇴마계 울트라 주술 아이템이지. 그래서 우리가 관리하는 거지만."

"…………그런데요?"

"그런데 마침, 일본에 레이라 사카구치가 있잖아?"

"일본이라고나 할까, 이 동네에 있죠."

"그 애는 바티칸의 특무부대 소속이라 뒷배가 든든하지. 종교계는 엄청난 돈을 갖고 있기 마련이거든…… 물건을 건네고 그녀가 본국에 연락하니까 10분 만에 통장으로 들어오더라── 전부 현금으로. 믿는 자(쌓을 저:儲)라 쓰고 '쌓다'란 의미가 참 그럴싸하지 않아? 정말 한자는 잘 만든 글이라니까."

"그래서 무슨 말인데요, 결국?"

다시 아베노 선배가 아득한 눈으로 천장을 올려다보았다.

"그거 알아? 마장천사의 수가 최근 들어 부쩍 늘고 있어. 이게 다 도미니온즈 양산계획 때문인데, 덕분에 세계 영적 전력 균형이 무너지는 바람에 미국이 분통을 터트리고 있지. 아무튼, 도미니온즈의 숫자가 너무 늘어난 탓에 바티칸도 장비가 부족한 상황에 부닥쳤어. 성유물 레플리카 따위를 억지로 만들고 있지만, 실물에 비하면 쓰레기거든. 그런데 그런 바티칸도 도검류는 별로 없는 모양이더라고?"

"설마 선배……?"

"후훗…… 팔 물건이 있고, 살 사람이 있어. 그리고 나는 국보가 어디 있는지 알고 있지. 뭐, 그런 거야."

그때 카페에 설치된 텔레비전에서 뉴스 속보가 흘러나왔다.

자막에는 커다랗게 빨간 글씨로──.

『가나가와현 요코하마시 미도리구의 신사에서 국보 도난?! 도

난된 수는 5점 이상?!』

이렇게 쓰여 있었다.

"……설마 저지른 겁니까?!"

"응."

아베노 선배가 씩 미소를 지었다.

"보안은 어떻게 뚫은 거예요?!"

그러자 여전히 웃음을 유지하며 선배가 대답했다.

"색적 스킬이란 거 참 좋지? 설마 전혀 들키지 않을 줄은 몰랐다니까?"

"선배의 발상이 더 대단하네요. 바티칸은 중립이기는 하지만, 상황만 놓고 보면 선배와는 적대관계 아니었어요?"

"나에게 먼저 싸움을 건 쪽은 아베노 가야. 어찌 되든 내 알 바 아니지."

그건 그런가. 선배는 그 사람들 때문에 죽을 뻔했으니.

"아, 일본 퇴마 조직에 수배당하는 거 아니에요? 꽤 많은 장비……국보를 훔쳐서 팔았잖아요?"

"바티칸이 뒤에 있으니 괜찮아. 내가 바티칸에 들어간 건 아니지만, 물건을 넘기면서 꽤 세세한 부분까지 이야기를 해뒀으니 일본 정부도 나를 그리 간단히 건드릴 수 없어."

선배는 텔레비전으로 시선을 옮겼다.

초조한 듯한 정장 차림에 수염을 기른 중년 남성과 기모노를 입은 기품 있는 아주머니가 인터뷰를 하고 있었다.

모두 나이에 비해 대단한 미형이지만, 눈 밑에 다크서클이 짙은 게 당장이라도 쓰러질 듯했다.

"참고로 저게 우리 파파와 마마야."

"파파?! 마마?!"

"그래, 뉴스에는 나오지 않았지만, 이번 일로 본가에 엄청나게 쪼였겠지. 아베노 분가는 이제 여지없이 끝장이야. 연간 수천만 엔씩 벌던 역 앞의 부동산도 빼앗기고, 재산도 모두 몰수. 파파는 앞으로 평생…… 시급 737엔에 가고시마의 낙도에 있는 신사에서 신주 생활을 하게 될걸?"

시급 737엔…… 고등학생이 알바를 해도 그것보단 많겠다.

"덧붙여 집은 지은 지 150년 된, 숯ㅇ댕이(밤송이처럼 생긴 새까만 캐릭터)조차 안 살 법한 허름한 녀석이야. 집세도 없고 밭도 있을 테니 텃밭이라도 일구면 부족하게나마 먹고 살 수는 있지 않을까?"

"선배는 그래도 괜찮아요? 호화롭게 살던 부모님이 완전히 몰락했는데요?"

"당연히 안 괜찮지. 괜찮을 리가 없잖아."

"그렇다면──."

나의 말을 가로막고 선배가 싱긋 웃었다.

"아무렴. 너무 뜨뜻미지근해. 의식주가 조금 어려운 정도로 만족할 수 있을 리가 없잖아. 아프리카의 굶어 죽어가는 아이들을 봐. 왜 누구보다 쓰레기 같은 우리 부모님…… 죄도 없는 사람들보다도 편한 생활을 누려야 하는데? 납득할 수 있을 리가 없잖아!

그리고 나는 부동산을 가진 사람들이 정말 싫어졌어! 내가 그렇게 될 수 있다면 물론—— 아주아주아주 환영하겠지만, 나와는 어차피 연이 없겠지! 질투와 시기로 속이 뒤집히겠어! 인생을 얕보지 말라고! 불로소득에 더 많은 세금을 먹여야 해! 돔페리뇽을 마실 때가 아니라고! 농담이 아니란 말이야, 이 녀석아!"

아, 악마다, 이 녀석.

아무리 그래도 너무 솔직하잖아.

얼마 전까지 부동산 경영으로 건물주로부터 땅값을 받으며, 귀찮은 일은 부동산 업자에게 모두 떠넘기고 살던 사람 중 하나였으면서 몰락한 순간, 이 꼴이라니…….

대단한 태세 전환이다.

이런 사람이 적으로 돌렸을 때 가장 성가시다. 나는 이 사람에게는 앞으로도 절대 거스르지 말자며 속으로 맹세했다.

"선배는 앞으로 어쩔 건데요?"

"역 앞의 타워 맨션 최상층을 구했어. 고등학생이라 명의라던가 여러 문제도 있어서…… 꽤 바가지를 썼지만, 어차피 그걸 예상하고 언니 물건과 사촌 언니의 집에 있던 국보를 훔친 거라 상관없어."

일 처리가 빠르군.

이야기를 듣건대, 아무래도 돈을 받아 얼마 지나지 않은 모양이다.

그나저나 자기 집 말고 사촌 집까지 털어버린 건가. 거기도 좀 있으면 망하겠군.

　비나이다 비나이다 저는 무사하기를……. 뭐, 그건 그렇고…….

　"그럼 이제 아무 문제 없네요?"

　그 말에 선배가 고개를 가로저었다.

　"아니, 아직 가장 중요한 게 남았어."

　"뭔데요?"

　"우리 둘의 관계야."

　"네?"

　"오늘은 학교를 빠지자. 나도 빠질 테니까."

　"……갑자기?"

　"저기, 모리시타?"

　"네?"

　"——잠깐 바다로 갈까."

　"바다요? 지금?"

　한낮이 지난 해안.

　반짝반짝 햇빛이 수면에서 빛나고, 기분 좋은 늦봄의 서늘한 바람이 불어왔다.

　나와 아베노 선배는 바위에 앉아 바다를 바라보고 있었다.

　"저기, 모리시타?"

　"왜 그러시죠, 선배?"

　"무슨 음식을 좋아해?"

"라면⋯⋯일까요."

아베노 선배가 킥킥 웃으며 고개를 살짝 끄덕였다.

"나도 라면 좋아해. ⋯⋯다음에 같이 유명한 라면 가게에 줄을 서자."

"⋯⋯네."

그리고 찾아온 잠깐의 침묵.

아베노 선배의 비단 같은 긴 머리가 바닷바람에 흩날렸다.

해수면에 반사된 빛 때문에 안 그래도 하얀 피부가 더욱 하얗게 보였다.

가슴도 엄청나게 크고, 가만히 있으면 정말 예쁜데⋯⋯ 나는 한숨을 쉬었다.

"저기, 모리시타?"

"왜 그러시죠, 선배?"

"좀 있으면 여름이네. 넌 여름 싫어해?"

"싫지는 않은데요."

"그럼 여자 수영복은 어떤 게 취향이야?"

"파란색과 흰색의 줄무늬일까요. 물론 비키니입니다."

"그럼 다음에 같이 사러 가자. 우리는 친구니까⋯⋯ 여름방학에는 같이 바다에 놀러 가야지."

"⋯⋯네."

그리고 다시 침묵.

아까부터 아베노 선배는 계속 내 얼굴을 빤히 쳐다보고 있었다.

커다란 눈에 오뚝한 코, 빨간 입술에 뽀얗고 하얀 피부. 거의 민낯이지만 정말 웬만한 연예인보다 예뻤다.

"저기, 모리시타?"

"왜요, 선배?"

"미래에는 너도 아내가 있겠지?"

"뭐, 없는 것보다는 있는 편이 좋겠죠."

"불타는 신혼에 네가 일을 마치고 집에 돌아오자 '먼저 씻을래? 아니면 밥부터 먹을래? 아니면 나·로·할·래?' 같은 질문이 날아오면 너는 뭘 고를래?"

무슨 말을 하는 거야, 이 사람은······.

도통 속을 알 수가 없다.

하지만 그것도 이제 하루 이틀 일도 아니고.

나는 솔직하게 질문에 대답하기로 했다.

"마지막 거요."

"후후. 솔직하네."

그러며 선배가 만족스럽게 말을 이었다.

"모리시타, 그럼 다음에······ 나와 같이 콘돔을 사러 가자. 아아, 맞아. 그때는 나와 네가 첫날밤을 보낼 러브호텔을 미리 알아보는 것도 잊지 마."

"어이, 잠깐!"

"응······?"

왜? 같은 얼굴로 아베노 선배가 눈을 크게 떴다.

"아니 대체 무슨 말을 하는 겁니까?!"

"무슨 말이냐니…… 섹스잖아?"

"여자가 남자 앞에서 태연한 얼굴로 섹스라는 말을 하면 안 돼!"

그러자 아베노 선배가 어깨를 으쓱했다.

"저기, 모리시타?"

"뭔데요?"

"나는 처녀야."

"그건 알고 있어요."

"그리고 전에도 말했는데──."

아베노 선배가 입을 다물었다.

그리고 뜸을 들이더니 이렇게 말했다.

음란 처녀야.

"대체 왜 그걸 뜸을 들이며 다시 말하는 건데요?!"

"이번 일로 참 여러 가지 생각이 들었거든."

"그런데요?"

"나도 일단 싸우는 사람인데, 처녀는 좀 불리하다고 생각하지 않아?"

"뭐…… 적에게 지면…… 무슨 일이 있을지 모르니."

"구미호에게 네가 졌다면…… 지금쯤 나는…… 작은 요괴들의 정액 범벅이 되었을걸."

"그러니까 여자가── 남자 앞에서 태연한 얼굴로 그런 말을 하면 안 돼!"

"맞아. 그러니까——."

아베노 선배가 입을 다물었다.

그리고 크게 크게 숨을 들이마시더니 이렇게 말했다.

"마음대로 끼얹을 수 있어."

"대체 왜 그걸 뜸을 들이며 다시 말하는 건데요?!"

"그래, 19금 동인지처럼."

"표현이 너무 적나라하잖아요?!"

"뭐, 그런 식으로…… 처녀 같은 건 버리려고 생각했어. 약점밖에 되지 않으니까."

"그야 그럴지도 모르는데……!"

"참고로 처녀를 버리면…… 나는 그냥 음란한 여자가 돼."

"그런 사람과는 친구가 되고 싶지 않아!"

아베노 선배가 후후 웃는 모습을 보며 나는 두통 때문에 머리를 감쌌다.

"너도 동정 따위는…… 얼른 버리고 싶잖아?"

"의외로 저는 로맨티시스트라고요! 처음은 좋아하는 사람이랑 한다고 정했어요!"

"어라? 그럼 두 번째 이후는 아무래도 좋다는 걸까?"

"그건…… 글쎄요. 세상에는 유흥업소라는 게 있잖아요? 남자란 게 결국 그런 걸지도 모르고."

"역시 넌…… 정조 관념이 전혀 없는 변태 쓰레기네."

"당신이 할 말이야?!"

"과연, 행주 녀석이구나."

"아무튼, 사양하겠습니다. 저는…… 그렇게 대충…… 마침 기회가 있으니 끝내려는 그런…… 그런 식으로 누군가의 첫 경험을 빼앗고 싶지도 않고, 빼앗기고 싶지도 않습니다."

그러자 아베노 선배가 일어나 바위에 앉은 내 앞에 몸을 약간 수그렸다.

그리고 나의 양 볼을 잡고 똑바로 눈을 마주 보았다. 두 사람의 코가 닿을 것 같이 가까워지자 선배의 숨결이 나의 코를 간지럽혔다.

"저기, 모리시타? 내가── 아무 사람한테나 이런 말을 할 것 같아?"

"……네?"

"나는 야해. 그래, 나는 음란 처녀야. 처녀를 버리면 그냥 음란한 여자야. 아니, 정확히는── 아주 음란하기 짝이 없는 여자야."

"그러니까, 표현이 좀……!"

선배는 크게 크게 숨을 들이마시고── 무언가 결심한 듯 살짝 고개를 끄덕이더니 입을 열었다.

"다만── 그건 너에게만이야."

"무슨……?"

"그럼 다시…… 똑바로 말하겠어."

선배가 볼을 살짝 붉히더니──.

"모리시타, 나와 결혼을 전제로…… 친구가 되어줘."

"뭔가 이상하잖아! 결혼을 전제로 한 '친구'라니, 뭐야 그게?!"

그러자 선배가 아련한 표정으로 울먹였다.

"모리시타는 내가 싫어?"

큰일이다. 잊고 있었는데, 이 녀석 의외로 울보였다.

성격이 강한 건지 약한 건지, 나원 참.

"아니 싫지는 않은데……."

"그럼 어떻게 할래, 모리시타?"

나는 하늘을 올려다보았다.

처음에는 얼른 이 정신적으로 문제가 있는 사람으로부터 도망치려고 했다. 그러나 이러니저러니 하는 동안 어느새…… 꼼짝달싹 못 하게 되었다.

"으음…… 역시 친구부터 하죠."

"친구부터?"

"선배와 사귄다 해도…… 저는 선배가 어떤 사람인지 여전히 잘 몰라요. 그러니 이 자리에서는 대답할 수 없습니다. 하지만 저도 진지하게 생각할 테니까요."

"…………."

아베노 선배가 불만족스럽게 얼굴을 찡그리고 오리처럼 입을 내밀었다.

"선배? 친구 이상 연인 미만이라는 말 아세요?"

그 말에 아베노 선배는 꽃이 핀 듯이 활짝 웃었다.

그 얼굴이 너무나 아름다워서—— 마치 미술관에 걸린 한 장의 그림 같아서.

나는 아베노 선배의 미소에 심장을 사로잡히고 말았다.

"그래, 알겠어. 오늘은 그 정도로 흥정해줄게."

흥정이라니—— 남녀 문제에 쓸 말은 아니잖아. 나는 어색하게
웃었다.

손목시계를 확인하니 슬슬 적당한 시간이 되어 있었다.

"그럼 돌아갈까요. 역까지 걸어가죠."

우리는 일어나 바위 밭을 지나 나란히 모래사장을 걸었다.

"저기, 모리시타?"

"왜요?"

아베노 선배가 자신의 오른손을 보며 불쾌한 표정을 지었다.

"오른손이 쓸쓸해."

"무슨 소리예요?"

"그러니까 오른손이 쓸쓸하다고."

그러며 아베노 선배는 나의 왼손을 가리켰다.

"손을 잡자고요?"

"딱 잘라 말하면 그렇지."

"친구 사이인데?"

"어머? ……친구 이상 연인 미만이 아니었던가?"

그렇게 말하니 대꾸할 말이 없다.

나는 아베노 선배의 손을 잡고 다시 걷기 시작했다.

5분쯤 지나 역이 보이자 아베노 선배가 멈춰 섰다.

"왜 그러세요? 역이 바로 코앞이잖아요?"

아베노 선배가 고개를 가로저었다.

"역 하나쯤은 그냥 걸어가자."

"왜요?"

"지금…… 너의 왼손이 무척 따뜻하니까. 너의 따스함을 더욱 느끼고 싶으니까. 그걸로 충분하지 않아?"

"네……?"

그렇게 우리는 길을 오른쪽으로 돌아 다음 역으로 걷기 시작했다.

긴 침묵이 흘렀으나, 아베노 선배의 오른손에서 전해지는 온기가 왠지…… 기분 좋았다.

"저기, 모리시타. 나 말이지, 아버지와 언니에게 배신당했다고 알았을 때는…… 정말 슬펐어."

"네. 그렇겠지요."

"정말 가슴이 찢어지는 줄 알았어. 하지만 이제 괜찮아. ……그날, 그때, 그곳에 나를 구하기 위해 네가 와주었으니까. 그리고 지금, 네가 나의 손을 잡아주고 있으니까. 그것만으로도 나는 무척 행복해. 이 순간도 크게 뛰고 있는 나의 심장── 혹시 인생을 다시 돌이킬 수 있더라도 이 순간을 위해 분명 나는 같은 길을 걸을 거야. 저기, 모리시타? 믿어져? 내가── 지금 그런 생각을 진심으로 하고 있다는 걸. 그러니까 이 말은, 정말로, 결단코, 내 인생에서 너 외에는…… 아니, 너에게조차 앞으로 두 번은 말하지 않을 테니까 귀를 쫑긋 세우고 잘 듣도록 해──."

그리고 아베노 선배는 볼을 새빨갛게 물들이며 말했다.

"좋아해, 모리시타. 널 좋아해."

이세계 귀환 용사가 현대최강!

사이드: 모리시타 다이키

아베노 선배와 친구 이상 애인 미만이 된 다음 날.

평범하게 학교에 가서 딱히 아무 일 없이 수업을 받고, 하교 도중이던 나의 스마트폰이 울렸다. 엄마였다.

엄마가 이 시간부터 전화라니.

우리 엄마는 기계 만지는 게 서툴다. 그래서 스마트폰도 거의 쓰지 않고, 웬만한 일이 아니면 전화도 하지 않는다.

즉, 웬만한 어떤 일이 일어났다는 뜻이었다.

혹시 할아버지나 할머니가 갑자기 쓰러졌다든가 하는 그런 내용인가?!

나는 당황해 급히 전화를 받았다.

"무슨 일이야, 엄마?"

"큰일이야! 큰일이야!"

"그러니까 무슨 일이냐고?!"

"집에 경찰이…… 기자 같은 사람이 왔어!"

등에 식은땀이 흐르는 게 느껴졌다.

바다에서 토르 해머를 썼다가 핵병기 실험이 아닌가 의심을 사거나, 불량한 친구들을 조금 손봐준 거나, 바로 얼마 전 구미호

사건 등…….

솔직히 이것저것 너무 저질렀다. 조금 신중했어야 했다.

"알겠어, 엄마! 바로 돌아갈게!"

나는 꿀꺽 침을 삼켰다.

올 것이…… 오고 말았다!

"아무리 그래도 너무 빨리 들켰잖아! 돌아온 지 한 달도 지나지 않았다고?!"

나는 혀를 차며 질풍 같은 속도로 집을 향해 달려가기 시작했다.

이세계^{귀환}용사_가
현대최강!

후기

저자 시라이시 아라타입니다.

갑작스럽습니다만 본 작품을 소개하겠습니다.

이 작품은 독특한 주인공 최강물입니다.

「소설가가 되자」라는 사이트에서 조회수가 천만을 넘었으므로 일단 인기는 있다고 봅니다만, 그런 것 치고는 내용이 좀 독특합니다. 제목과 표지를 보면 아시겠지만, 이세계가 아니라 반대로 이세계에서 돌아온 용사가 현대에서 무쌍을 펼치는 이야기이거든요.

무대가 달라졌을 뿐이잖아? 결국 흔한 최강물이잖아? 어느 부분이 독특한데? 라고 생각하시는 분도 계실지 모르겠습니다만, 일단 여성 캐릭터의 성격이 강렬합니다. 사이트에 올라오는 소설 중에서도 특히나 개성적입니다.

이어서 코미디 요소가 강합니다. 소설치고는 굉장히 독특합니다.

내용을 읽으면 아시겠지만, 문고 라이트 노벨 중 러브코미디를 좋아하고 학원 이능 배틀을 좋아하는, 전통적인 라이트 노벨을 좋아하시는 분에게는 맞을 거라고 생각합니다.

물론 이세계 최강물의 클리셰 전개도 신경 쓰고 있습니다. 클리셰는 중요하니까요.

하지만 솔직히 「소설가가 되자」라는 사이트에서 '이세계 최강'

이외의 요소는 독자분들에게 잘 보이기 어렵습니다. 오히려 발목을 잡을 뿐인 다양한 요소가 이만큼 있는데 랭킹이 승천하는 용처럼 쭉쭉 올라가는 게 신기할 따름입니다.

저로서는 당초 플롯으로 서적화를 노릴 수 있을지 도박을 하는 심정이었습니다. 출판사로서는 이것이 팔릴지 여부가 도박이겠지요(웃음). 필자도 그렇게 생각합니다. 덕분에 서적화까지 갔지만요.

그리고 자화자찬인데, 재미는 확실히 보장합니다.

그럼 인사입니다.

먼저 일러스트를 담당하신 타카야Ki 선생님. 매우 바쁜 와중에 의뢰를 승낙해주실 줄은 꿈에도 몰랐습니다. 심지어 받아들이신 이유가 읽고 마음에 들었기 때문이라고 하시더군요. 최근 몇 년 중에 가장 기쁜 일이었습니다. 정말 감사합니다.

그리고 GA노벨의 담당 편집자님.

온갖 부탁을 다 들어주신 분입니다. 그때마다 감사 인사를 드리면 여러 가지가 있으므로 일부러 말씀드리지 않았습니다. 평소에는 부끄러우니 이 자리를 빌려 전하겠습니다. 정말 감사드립니다. 부디 오래도록 함께 해주셨으면 좋겠습니다. 감사합니다.

ISEKAIGAERI NO YUSHA GA GENDAISAIKYO!
INO BATTLEKEI BISHOJO WO BISHIBASHI CHOKYO SURUKOTONI!?
Copyright © Arata Shiraishi 2018
Korean translation rights arranged with SB Creative Corp., Tokyo
through Japan UNI Agency, Inc., Tokyo

이세계 귀환 용사가 현대최강! 1

2019년 8월 1일 1판 1쇄 발행
2020년 3월 1일 1판 2쇄 발행

저　　　자 시라이시 아라타
일 러 스 트 타카야Ki
옮 긴 이 이서연
발 행 인 유재옥
본 부 장 조병권
담당편집자 조찬희
편 집 1 팀 김민지 정영길 조찬희
편 집 2 팀 김다솜 이본느
편 집 3 팀 김효연 박상섭 임미나 오준영
라이츠담당 김슬비 장정현
디 지 털 박지혜 이성호 전준호
인쇄제작처 코리아피앤피
발 행 처 ㈜소미미디어
등　　　록 제2015-000008호
주　　　소 서울시 마포구 토정로222, 403호 (신수동, 한국출판콘텐츠센터)
판　　　매 ㈜소미미디어
마 케 팅 한민지 한주원
전　　　화 편집부 (070)4164-3962, 3963 기획실 (02)567-3388
　　　　　　　판매 및 마케팅 (070)4165-6888, Fax (02)322-7665

ISBN 979-11-6389-717-0 04830
ISBN 979-11-6389-716-3 (세트)